Uwe Mauch/Franz Zauner

Im Gemeindebau

Bibliografische Information der Deutschen Bibliothek:
Die Deutsche Bibliothek verzeichnet diese Publikation
in der Deutschen Nationalbibliografie.
Detaillierte bibliografische Daten sind im Internet
über http://dnb.ddb.de abrufbar.

Coverfoto: Mario Lang

Druck: Finidr, Lípová
Printed in the Czech Republic
ISBN: 978-3-85371-430-0

Fordern Sie die Kataloge unseres Verlags an:

Promedia Verlag
Wickenburggasse 5/12
A-1080 Wien
E-Mail: promedia@mediashop.at
Internet: www.mediashop.at
www.verlag-promedia.de

UWE MAUCH
FRANZ ZAUNER

IM GEMEINDE BAU

23 GESCHICHTEN AUS WIEN

PROMEDIA

ÜBER DIE AUTOREN UND DEN FOTOGRAFEN

Uwe Mauch, Jahrgang 1966, in einem Gemeindebau in Floridsdorf aufgewachsen, weiterhin auf Stiege 8/Tür 7 zu Hause, seit 1995 Redakteur der Wiener Tageszeitung *Kurier*, Autor zahlreicher Bücher; zuletzt erschienen: »Stiege 8/Tür 7. Homestorys aus dem Wiener Gemeindebau« (2014), »Die Armen von Wien« (2016).

Franz Zauner, Jahrgang 1959, in einem Gemeindebau in der Brigittenau aufgewachsen, seit 1984 Redakteur der *Wiener Zeitung*, seit 1995 ihr Online-Chef, zwischendurch Radio-Mitarbeiter bei *Ö1* sowie Gastredaktor und Kolumnist beim *Folio*, dem Magazin der *Neuen Zürcher Zeitung*.

Mario Lang, Jahrgang 1968, wohnt in einer Altbauwohnung der Gemeinde Wien. Seit 2000 Fotograf und redaktioneller Mitarbeiter der Wiener Straßenzeitung *Augustin*. Leiter des Chors »Stimmgewitter Augustin«, Mitbegründer der Formation »Hirn mit Ei«.

INHALT

Anhang

VORWORT

Dieses Buch ist eine Hommage an den kommunalen Wohnbau. Die beiden Autoren, selbst Kinder des Gemeindebaus, erzählen darin 23 Geschichten über MieterInnen, die in einem Hof und auf einer Stiege zu Hause sind. Ihr buntes Menschenmosaik reicht von einer Jungarchitektin im Rabenhof bis zu einem Junghistoriker im Karl-Marx-Hof, einem Sänger des 1. Wiener Gemeindebauchors bis zu einem weltweit verehrten Jazzmusiker, einer gestandenen Wiener Hausmeisterin im Matteotti-Hof bis zu einer aufmerksamen Mieterbeirätin am Roten Berg in Hietzing, einem bosnisch-stämmigen Kabarettisten bis zu einem ukrainisch-stämmigen Karaokesänger, einer Vorturnerin mit Migrationserfahrungen in Favoriten bis zu einer Rose im Gemeindebau in Floridsdorf.

Die 23 Geschichten sind nicht repräsentativ. Immerhin wohnen 500.000 Menschen in Wien im Gemeindebau. Die Autoren haben bewusst solche BewohnerInnen aufgesucht, die sich bewusst sind, dass sozialer Wohnbau Charme hat und Chancen bietet.

Optisch aufgewertet wird das Buch durch eine 32-seitige Bilderstrecke des Fotografen Mario Lang. Außerdem enthält es eine Faktentafel sowie Interviews mit ExpertInnen für Geschichte, Kunst und Architektur.

Uwe Mauch/Franz Zauner
Wien, im August 2017

EIN DANKESCHÖN

allen Menschen, die im Gemeindebau wohnen und uns bereitwillig Auskunft gaben.

allen WohnpartnerInnen, die nicht nur die Idee zu diesem Buch lieferten, sondern auch unsere Recherchen unterstützt haben.

1010

DER KARAOKE-SÄNGER
unterhalb der 6er-Stiege

Alek Burt ist zwischen Rotem Wien und Rotem Platz in Moskau aktiv, auch als Kulturvermittler.

Der »Balalaika-Klub« ist im Untergeschoß einer Wiener Gemeindebaufestung im ersten Bezirk untergebracht. Die rote Trutzburg steht Mauer an Mauer mit dem großbürgerlichen und dem katholischen Wien. Die genaue Adresse lautet: Fischerstiege Nr. 1-7. Neben dem Eingang zum Klub steht geschrieben: »Videoüberwacht.« Und: »Eintritt nur für Mitglieder.« Und ob wir das nun wollen oder nicht, reflexartig fällt uns die »Russendisko« des in Berlin lebenden russisch-deutschen Autors Wladimir Kaminer ein. Außerdem: Drogen-, Waffen-, Mädchenhändler in feinem Tuch, knapp bekleidete Frauen, Oligarchen, Mittelsmänner, Wodkaleichen, KGB. Hält die Wirklichkeit im Gemeindebau, was das Klischee verspricht?

An einem Freitagabend nach 19 Uhr schiebt Alek Burt die Rollläden des Gassenlokals nach oben. Burt ist der Obmann des »Vereins zur Förderung der russischen Musikkultur«, der an die 2000 eingetragene Mitglieder zählt. Unter ihnen BalletttänzerInnen und SängerInnen der Wiener Staatsoper, Menschen mit und ohne Geld, aus Kunst, Kultur, Society, Wirtschaft, Sport, Angehörige von Botschaften, auch einige Wien-PendlerInnen aus dem nahen und fernen Osten, der früher einmal sowjetisch war.

Wir sind schnell per Du. Alek bittet einzutreten. Drinnen zündet er sich eine Zigarette an, was ausdrücklich erlaubt ist. »Bevor wir hier im Jahr 2006 eingezogen sind, war da ein kleines Wirtshaus«, erzählt er. Mehrere steile Stufen führen heute hinauf zu den High-Tech-Musikanlagen und den Kühl- und Wärmeaggregaten für die Getränke. Von oben ruft der lautstark hantierende Obmann: »Wir können von hier mehr als 30.000 russische Karaokelieder aller Generationen anspielen.«

Gemeinsam die Getränke der Heimat konsumieren und die vertrauten Lieder singen – der »Balalaika-Klub« unterscheidet sich da kaum von den Einrichtungen der AuslandsösterreicherInnen in London, Berlin, Chicago oder Sydney. Alek versichert: »In erster Linie kommen wir hier zusammen, um uns in entspannter Atmosphäre zu unterhalten.« Apropos. Er bittet, an einem der Tische des Klubs Platz zu nehmen.

»Ich wurde im Jahr 1970 in Tschernowitz geboren«, erzählt dann der Sohn der Genossin Krankenschwester und des Genossen Fabriksarbeiter. Seine Heimatstadt liegt in der Bukowina, sie war in der Monarchie ein Außenposten des Wiener Kaiserhauses. Daran erinnern Fassaden von Gebäuden ebenso wie die Biografien vieler Familien oder das noch immer eigentümliche Sprachengemisch.

Seine Geburt fällt indes in das Zeitfenster der Sowjetunion, genauer gesagt in die Regierungszeit des Genossen

Parteivorsitzenden Leonid Breschnew, vor dessen strengem Blick und Regime auch die Burts lieber früher als später geflüchtet wären.

Noch zwei Stunden bis zum Einlass. Eine Studentin, die an diesem Abend im Klub aushilft, bringt uns Wasser (nicht Wodka!) und heißen Kaffee. So viel zum Klischee. Im Dezember 1979 dürfen die Burts – Mutter, Vater und Sohn Alek – nach einem schier unendlichen Papierkrieg aus der Sowjetunion ausreisen, am Ende der zweiten großen Auswanderungswelle. Man knöpft ihnen vor der Abfahrt ihre Pässe ab, stiehlt ihnen damit ein Stück ihrer Identität. Doch auch im Westen wird die Familie mit Verachtung begrüßt. Auf dem Wiener Ostbahnhof warten schwer bewaffnete Polizisten: »Wir wurden wie Staatsfeinde empfangen und am Bahnhof festgehalten.«

Kalter Krieg oder Beamtenwillkür? Faktum ist, dass man die Burts daran hindert, ihr Ziel in den USA zu erreichen. Sie werden gezwungen, nach Israel zu emigrieren. »Für mich waren die fünf Jahre in Israel nicht die schlechteste Zeit«, sagt Alek und zieht an seiner Zigarette. Kinder von Flüchtlingen tun sich leichter als ihre Eltern, wenn es gilt, ein neues Leben zu beginnen. »Ich habe schnell Freunde in der Schule gefunden. Meine Eltern hatten es hingegen schwer, Arbeit zu finden und sich zu integrieren.«

Ein Handy lässt den Tisch vibrieren. Auf dem Display sind die ersten Klub-Mitglieder vor der Eingangstür zu sehen. Man begrüßt sich freundlich, auf Russisch, auf Ukrainisch. Zum Thema Diaspora können viele Gäste persönliche Erinnerungen beitragen. Die jüngsten sind brandaktuell und haben mit dem Krieg östlich von Kiew zu tun. Auch wenn der Obmann darauf achtet, dass das

Schlechtreden der jeweils anderen draußen vor der Tür bleibt, schwingt auch hier im Gemeindebau Sorge, Leid, Hoffnung sowie das eine oder andere Ressentiment mit. Burt fährt indes mit seiner Erzählung fort: »Nach fünf Jahren in Israel waren meine Eltern finanziell ziemlich am Ende, und wir sind mit dem letzten Ersparten nach Rom geflogen.«

Die weitere Odyssee seiner Familie führt über Frankfurt, Kopenhagen und Westberlin. Ein glücklicher Zufall lässt die Burts in Wien stranden. In der Erinnerung von Alek klingt das so: »September 1985. Meine Eltern haben noch genau 1000 Schilling in der Tasche, eine Übernachtung in der Pension im siebenten Bezirk kostet aber bereits 160 Schilling. Sie machen sich sofort auf die Suche nach Landsleuten, die ihnen eventuell helfen können. Mitten auf der Lerchenfelder Straße bleibt ein älterer Herr stehen und begrüßt meine Mutter auf dem Beifahrersitz. Eigentlich unglaublich, denn er hatte sie zuletzt in Tschernowitz gesehen, als sie ein Kind war.«

Der Bekannte hilft, so gut er kann. Die ersten Monate in einem winzigen Kellerloch wird Burt junior dennoch nicht vergessen. »Dunkel, eng, feucht, modrig.« In der Schule lernt er schnell, auch fürs Leben. Für seine Eltern findet er sogar eine passende Wohnung, nachdem sie überall abgeblitzt waren. Wo immer sie hinkamen, hörten sie am Ende: »Wir wollen keine Ausländer.«

Sein Vater nimmt zunächst einen Hilfsjob am Mexikoplatz an. Von dort aus kann er sich langsam nach oben arbeiten. Aus Alek Burt wird nach seinen Wirrungen in der Pubertät, die auch der schwierigen Herbergssuche geschuldet sind, ein erfolgreicher

Versicherungsmakler, Vermögensberater und Lebensmittelhändler. Sein Vorteil, sein Alleinstellungsmerkmal ist seit vielen Jahren: »Ich bin der einzige Makler weit und breit, der Russisch spricht.« Der 47-Jährige hat vor kurzem zum vierten Mal geheiratet. Aus seiner zweiten Ehe mit einer Zahnärztin entstammt sein noch schulpflichtiger Sohn. Seine jetzige Frau, eine ukrainische Gerichtsmedizinerin, brachte im Vorjahr Zwillinge zur Welt.

Der Obmann muss sich jetzt gleich um seine Gäste kümmern, daher noch kurz ein Wort zur Hülle des Klubs, zum Gemeindebau: Er wurde in der Nachkriegszeit errichtet, nur wenige Monate bevor es der österreichischen Regierungsspitze im Moskauer Kreml gelang, einen Staatsvertrag mit den ebenso trinkfesten Sowjets auszuhandeln. Nach außen hin wirkt der Bau mit seinen sechs Stiegen und sieben Geschoßen tatsächlich wie eine Festung. Die versperrten Gittertüren zum Innenhof, die Videokameras und Gegensprechanlagen wirken aufs Erste ebenso abweisend wie die Eingangstür des »Balalaika-Klubs«.

Parallele Welten in der Wiener Innenstadt? Es ist dem Alek zu verdanken, dass sich die NachbarInnen wieder beruhigt haben. Mit einer Unterschriftenliste haben sie gegen die »Russen-Disko« mobil gemacht. Ständig Lärm! Mist! Gestank! Schlägereien! Zwielichtige Gestalten! So lauteten die Vorwürfe, wenn wieder einmal die Polizei gerufen wurde. Der Zugewanderte aus Tschernowitz diente ihnen vor drei Jahren als Blitzableiter. Er musste dann für die Montage einer neuen Lüftung und einer neuen Schallisolierung viel eigenes Geld in die Hand nehmen. Krieg und Frieden: Der Konflikt mit der aufgebrachten Nachbarschaft war vergleichsweise harmlos. Und doch hat er viel negative Energie freigesetzt. Immerhin herrscht jetzt wieder Ruhe, wie Burt beteuert: »Unsere Aussprache und der Umbau haben doch gewirkt.«

Wir wollen heute Abend nicht länger stören. Verabschieden uns daher vor 23 Uhr vom ersten Mieter in unserem Gemeindebau-Buch. Gerne hätten wir ihn singen gehört. Denn er singt für sein Leben gern: »Singen ist für mich Stressabbau.« Und wenn in einer Nacht von Freitag auf Samstag oder Samstag auf Sonntag wenige Gäste zum Mikrofon greifen wollen, singt er gut und gerne die halbe Zeit. Seine Mission hier im Klub ist klar: »Ich will, dass die Community in Wien ihren Zufluchtsort behält.«

Gerne würde er auch helfen, das Image seiner Landsleute in Wien zu verbessern. Dass das notwendig ist, weiß er aus leidvoller eigener Erfahrung: »Alles ist gut, solange mich die Leute nicht Russisch sprechen hören. Danach werden sie sofort vorsichtig.« Alek Burt hat sich auch selbst große Ziele gesetzt: »Ich möchte in die Geschichte eingehen als jemand, der für die Menschheit etwas Positives bewegt hat. Auch meine Kinder und Enkelkinder sollen stolz sein, wenn sie mich am Ende zum Friedhof hinaus bringen.«

1020

DAS KAUTSCHUK-GIRL
auf der 15er-Stiege

Hildegard Schmidinger-Thiele stand bereits mit drei Jahren als Putzi Stroschneider auf der Bühne.

Ihre Familie war schon ein wenig anders als andere Familien. Ihr Vater zum Beispiel: Auf einem Foto aus den 1930er-Jahren schwebt er auf halbem Weg zwischen einem Kirchturm und einem Hausdach über einem Platz. Auf dem grobkörnigen Schwarzweiß-Foto ist das Seil nicht zu sehen, dieser schmale Grat, auf dem er über dem Abgrund balanciert. Ein heftiger Windstoß hätte genügt, und er wäre aus dreißig Metern Höhe auf das Steinpflaster geknallt.

Es wird bodenständigen Leuten wie uns schwindlig beim Betrachten solcher Bilder, selbst wenn man sie in einem gemütlichen Ohrensessel betrachtet, in der Geborgenheit eines Wohnzimmers in einer ebenerdigen Gemeindebau-Wohnung nahe des Messegeländes.

Deshalb ist diese Frage auch keine Frage, sondern mehr eine Übersprungshandlung, um dem Schwindel zu entfliehen: »War ihr Vater schwindelfrei?« Frau Schmidinger-Thiele kommentiert mit dem Heben einer Augenbraue dezent den Sinngehalt dieses Auskunftsbegehrens und antwortet mit der professionellen Nonchalance einer Frau, die sich im Laufe eines langen Lebens im Rampenlicht an seltsame Fragen gewöhnt hat: »Aber sicher, sonst wäre er nicht Hochseilartist geworden.«

Wir blättern weiter im Fotoalbum. Hildegard Schmidinger-Thiele, 1929 geboren, war der hoffnungsvolle Spross der sich über 15 Generationen erstreckenden, weit verzweigten, viele Köpfe zählenden und deshalb etwas unübersichtlichen Artistendynastie namens Stroschneider. »Ich wusste zum Beispiel nicht einmal, wie alt mein Vater wirklich war. Er hat sich jünger gemacht.« Ihren Halbbruder hat sie nur zufällig kennengelernt, sie wusste lange Zeit überhaupt nicht, dass sie einen hatte. Ihre vier Geschwister stammten aus verschiedenen Beziehungen, was diese lange nicht mitbekamen. Es war ihnen auch egal. Es gab immer den Beruf, der Berufung war und nicht viel Raum zum Grübeln ließ.

Mit drei Jahren stand Hildegard alias Putzi Stroschneider erstmals auf der Bühne. Von Anfang an war sie begeistert von der Akrobatik, sie lag ihr im Blut. Früh wurde sie auch mit den Härten des Metiers und der Zeit konfrontiert: Ihr Vater stürzte nach einem Sabotageakt bei einer Aufführung im faschistischen Italien so schwer, dass er drei Jahre lang im Rollstuhl sitzen musste. Man hielt ihn für einen Juden, wegen der gebogenen Stroschneider-Nase, die offensichtlich dem antisemitischen Klischee entsprach.

Der Vater konnte später wieder seine Arbeit aufnehmen, die Eltern ließen sich aber scheiden. Die Mutter schickte ihre Tochter auf die Ballett- und die Akrobatenschule. Unterrichtet wurde sie von einer gestrengen Ex-Akrobatin im Hinterzimmer eines Gasthauses: »Es war eine harte Schule, aber ich war täglich dort.« So erarbeitete sie sich ihr reichhaltiges Repertoire: Bodenakrobatik, Tanz, Steppen – Grundlage für ihre legendäre Beweglichkeit, die ihr das Markenzeichen »Kautschuk-Girl« einbrachte.

Als der Zweite Weltkrieg begann, war sie zehn Jahre alt und gut im Geschäft. Akrobatik stufte die Reichskulturkammer als Schwerstarbeit ein, und deshalb stand ihr eine Schwerstarbeiterkarte zu: Von der Essenszuteilung »konnte meine Familie gut leben«. Später sahen ihr die Alliierten zu. Die Russen, erinnert sie sich, waren ein besonders kundiges Publikum. Und die Amerikaner zahlten gut. Dann lernte sie ihren Mann kennen, er war 15 Jahre älter als sie. Sie traten gemeinsam als »Duo Holt« auf.

Nach dem Staatsvertrag 1955 gab es auch wieder Reisefreiheit. Das erste Engagement, erinnert sie sich, führte sie nach Dänemark. Damit der Sohn des Paares die Schulen am Auftrittsort besuchen konnte, bevorzugten sie längerfristige Engagements. Längerfristig war in ihrer Branche oft nicht mehr als ein Monat. So besuchte der Sohn am Ende 37 verschiedene Schulen, eher er die mittlere Reife absolvierte. Wissenslücken füllten die Eltern im Heimunterricht. Der Sohn wandte sich wie seine Mutter später der Artistik zu. Er leitete sogar sein eigenes Ensemble, den »Zirkus Fantasticus«. »Zu lange«, wie Frau Schmidinger-Thiele im Rückblick sagt. Sein Unternehmen scheiterte. »Er musste harte Zeiten durchmachen.« Vor zwei Jahren ist er gestorben.

Das »Duo Holt« tourte mit einer Teller-, einer Lasso- und einer Messerwurf-Nummer, von Putzi Stroschneider aufgelockert mit Stepptanz und Akrobatik, durch die Lande. »Ich habe alles gezeigt, was ich konnte.« Gegen Ende trat das Paar auch noch in Clownnummern auf, Putzi Stroschneider gab den schlimmen Pippo. Dann wurde ihr Mann von Herz- und Lungeninfarkten aus dem Beruf geworfen. Sie fing daher als Schuhverkäuferin im Geschäft einer Bekannten an, pflegte ihn bis zu seinem Tod. Wie fühlt sich das an, wenn man plötzlich nicht mehr im Rampenlicht steht? »Schuhe zu verkaufen ist ein Beruf wie jeder andere. Ich habe ihn genauso ernst genommen wie die Akrobatik.«

Die Manegen und Varietés, in denen sie ihre Erfolge feierten, gibt es heute nicht mehr. Und der Zirkus, der ebenfalls um seine Existenz kämpft, beschäftigt kaum noch Artisten. Sie selbst trägt schwer an den gesundheitlichen Folgen ihres jahrzehntelangen Körpereinsatzes. Täglich bog sich Frau Schmidinger-Thiele bis an ihre Schmerzgrenze. »Meine Glieder sind alle kaputt«, sagt sie. »Es gibt kein Gelenk, das nicht entzündet ist.« Sie hat sich vielleicht zu viel zugemutet, »aber dieser Beruf war alles für mich«. Im Alter von 54 Jahren versuchte sie noch einmal einen Flickflack, einen Rückwärtssalto mit Zwischenlandung auf den Händen. Es war ein schmerzhaftes Erlebnis. »Da wusste ich, es ist Zeit, sich von der Akrobatik zu verabschieden.«

Die Schmerzen sind ein täglicher, ungebetener, fordernder Gast im Leben der bald 90-jährigen Frau. Die schweren Medikamente, die ihr Erleichterung verschaffen, strecken sie auch immer wieder nieder: »Das letzte Mal bin ich beim Kartenspielen am Tisch eingeschlafen.« Unter der Dosis kann sie nur dösen und schafft es kaum, sich vom Sofa zu erheben. »Lieber Schmerzen haben und fit sein«, sagt sie, »als so dahinzuvegetieren.« Deshalb hat sie die Tabletten vorerst einmal abgesetzt.

1981 ist sie in die Gemeindewohnung in der Machstraße eingezogen. Schon ihre Mutter, ebenfalls eine Artistin von Rang, hat hier gewohnt. Die Wohnung hat 63 Quadratmeter, es gibt zwei Zimmer, Küche und ein Kabinett. Es ist eine ruhige Unterkunft, die Sonne, wenn sie sich denn einmal zeigt, scheint auf ihr Bett. Im Sommer liegt die Wohnung im Schatten. Der Herr Gruber, der auf der 12er-Stiege über einem Durchgang wohnt und ihr als guter Geist in allen Lebenslagen beisteht, hat es weniger gut, im Sommer ist es in seiner Wohnung heiß und im Winter saukalt.

Ihre Wohnung ist mit Teppichen ausgelegt. Es war früher im Winter auch bei ihr eisig im Erdgeschoß. Bis im Keller die Rohre für die Fernwärme eingezogen wurden. Sie verlaufen unter ihrem Wohnzimmer, jetzt hat sie dort in der kalten Jahreszeit eine Fußbodenheizung. Laut ist es bei Frau Schmidinger-Thiele auch nicht, man hört nur die Kinder aus dem Kindergarten im Hof. Es gibt aber, meint sie, auch im Gemeindebau komische Leute. Sie erzählt von einer Dame, die von den Gärtnern verlangt hat, alles Gebüsch im Hof auszumerzen:

»Warum?«

»In der Früh wecken mich immer die Vögel!«

Frau Schmidinger-Thiele hat nicht viel Kontakt zu den NachbarInnen. Mit dem Herrn Gruber von der 12er-Stiege aber ist sie eng befreundet. Und mit seinem Hund, dem Max. Ihr eigener Hund ist verstorben, sie mag sich keinen neuen mehr zulegen, es wäre ihr zu beschwerlich. Zweimal in der Woche kommt eine Heimhilfe zum Aufräumen. Zwar liegt die Wohnung im Erdgeschoß, aber es sind doch einige Stiegen zu überwinden. Sie geht jetzt nur noch einmal in der Woche mit Krücke und Einkaufswägelchen hinaus zum Einkaufen.

Gelegentlich schaut sie auch noch im Zirkus vorbei. Mit ihrem Enkelsohn und seinen Töchtern besuchte sie zum 40-jährigen Jubiläum die Galavorstellung des Circus Roncalli, zu dessen Ensemble sie einmal gehört hat. Sie ist immer noch ein wenig enttäuscht, dass Bernhard Paul, der Direktor, keine Zeit fand, um ihr und den anderen alten Kollegen die Hände zu schütteln. Sie kann sich noch gut an die Aufbruchsstimmung damals im Roncalli erinnern. »Wir haben alle zum Paul gehalten.«

Hildegard Schmidinger-Thiele ist seit ihrem 60. Geburtstag in Pension. Die Punktlandung ging sich aus, weil ihr Mann immer auf die Sozialversicherungsbeiträge geachtet hat: »Wir waren selbstständig und gleichzeitig nicht.« Der Ordner, mit dem sie ihre Versicherungszeiten nachwies, war entsprechend dick. Manchmal haben die Vertragspartner freilich nur so getan, als würden sie das Ehepaar anmelden. »Meine Pension ist deshalb nicht hoch, aber ich habe eine.«

Der Enkelsohn hat mit der Tradition gebrochen und sich beruflich ein Stück weit von der Bühne entfernt, aber doch nicht ganz. Er besitzt eine Firma, die Bühnen-Ausrüstung und Requisiten verleiht. Von seinen fünf Kindern wird keines mehr Hochseilartist oder Akrobat sein.

1030

DIE INNEN-ARCHITEKTIN

auf der 65er-Stiege

Katharina Lehr skizziert in einem traditionsreichen Gemeindebau ein denkwürdiges Zukunftsszenario.

»Einen Balkon.« Eröffnet die Innenarchitektin und angehende Architektin beim Blick aus ihrem Wohnzimmerfenster. »Ich hätte gerne einen Balkon, dann wäre es für mich hier perfekt.« Katharina Lehr bewohnt eine Zwei-Zimmer-Wohnung in einem der größten und bekanntesten Gemeindebauten Wiens – im Rabenhof im dritten Bezirk.

Auf einer Hausmauer steht einer dieser stolzen Schriftzüge in roten Großbuchstaben: WOHNHAUSANLAGE DER GEMEINDE WIEN. ERRICHTET IN DEN JAHREN 1925 BIS 1927. Er ist Teil einer Corporate Identity, um die Wien anderswo gerne beneidet wird. Die Mieterin hat das während ihres Studiums recherchiert: Die legendäre kommunale Gebäudelandschaft wurde auf dem Areal der Krimskykaserne errichtet, nach den Plänen der Architekten Heinrich Schmid und Hermann Aichinger. Sie umfasst 73 Stiegen und aktuell 1112 Wohnungen.

»Ich kam schon als kleines Kind in den Rabenhof«, erzählt Lehr, während aus ihrer Küche das Zischen der Espressomaschine zu hören ist. Ihre Mutter, eine alleinerziehende Ärztin, übernahm die Wohnung zu Beginn der 1990er-Jahre. Damals noch Substandard, weist die 57 Quadratmeter große Bleibe heute ein gemütliches Wohnzimmer, ein Schlafzimmer, eine kleine Küche, ein Vorzimmer, Bad und Klo auf. Die Tochter der Ärztin erzählt, dass sie in ihrer Kindheit nicht durchgehend im Rabenhof gewohnt bzw. übernachtet hat: »Meine Mutter hat im Spital im Schichtdienst gearbeitet, da war ich oft tageweise bei meinen Großeltern.«

Die Erinnerungen an ihre Kindheit sind ungetrübt: »Ich habe hier mit meiner Mutter viel Zeit verbracht.« Der Schrank im Wohnzimmer erinnert sie noch an jene Jahre, und auch der Schrank im Vorzimmer: »Der stammt von meiner Uroma aus Krakau.« Anders als für viele andere Menschen in dieser Stadt hat der Gemeindebau nichts Bedrohliches für sie: »Ich habe keine Hemmschwellen.« Im Gegenteil. Vor sieben Jahren entschied sich Katharina Lehr dazu, Rabenhof-Vollzeitbewohnerin zu werden.

Die am Wohnbau beruflich Interessierte zählt dann eine Reihe von weiteren Vorteilen auf, die ihr der Rabenhof bietet: Da ist zunächst einmal die Wohnung, deren monatliche Miete von 250 Euro für StudentInnen noch einigermaßen erschwinglich ist, und auf die wir gleich noch zurückkommen werden. Die Fenster des Wohnzimmers, der Küche und auch des Schlafzimmers lassen auffallend viel natürliches Licht in alle Räume. Sie erlauben gleichzeitig einen Blick in die großzügig gestalteten Höfe. Diese bieten Raum für Grünflächen, Sträucher, Bäume, Spielplätze, Sitzplätze.

Im Wissen, dass die Gemeinde Wien in den 1920er-Jahren hier nur 38 Prozent des Areals verbauen wollte, dass also das viele Grün als Errungenschaft gesehen werden darf, seufzt die Planerin: »Mit solchen Vorgaben würden wir auch gerne arbeiten. Die Architektur wird heute oft reduziert auf die Einhaltung der baurechtlichen Vorschriften und strengen Kostenvorgaben.«

Die Kollegen Schmid und Aichinger haben den Rabenhof, der ursprünglich Austerlitz-Hof genannt wurde, weder als kleinteilige Gartenstadt noch als Mega-Trutzburg geplant, sondern als irgendetwas dazwischen. Jedenfalls trägt er mehr Zierden als andere Gemeindebauten: Spitzbögen zum Beispiel, die wie ein Echo aus der Gotik wirken. Das Mauerwerk, durchsetzt mit Klinker und gebrannten Ziegeln, erinnert wiederum an die prägnanten Backsteinhäuser in norddeutschen Städten. Und einen Wohnturm neben dem Rabenhoftheater, für damalige Verhältnisse ein kleines Hochhaus, gibt es auch. Katharina Lehr sieht den Turm als Hommage an die Moderne. Ihrer Auffassung eines architektonischen Gesamtkunstwerks kommt der Rabenhof jedenfalls ziemlich nahe: »L- und U-förmige Gebäude reihen sich fein aneinander. Die Grundrisse und die Wohnungen wurden klug angelegt.«

Der Rabenhof sei auch gut eingeflochten in die Stadt, unweit des Zentrums, seit ihrer Kindheit auch in Gehweite einer U-Bahn-Station, jener am Kardinal-Nagl-Platz. Und auch das Preis-Leistungs-Verhältnis sei deutlich besser als beispielsweise die Angebote in den neuen Stadtentwicklungsanlagen.

Katharina Lehr ist mehr als eine Bewohnerin des Rabenhofs. Zwischendurch spricht aus ihr immer wieder eine gut informierte

Fachfrau. Sie hat nach der Matura an der New Design University in Sankt Pölten mit großem Interesse Innenarchitektur studiert. Bemerkte aber auch, dass ihr die Räume alleine als Studienobjekt zu eng werden: »Alle wollen coole Bars und tolle Geschäfte einrichten. Die Gefahr ist aber groß, dass man zum Innenraum-Ausstatter verkommt und in einem Möbelhaus landet.« Innenarchitektur ist für sie Teil eines großen Ganzen. Wichtig ist aus ihrer Sicht die Hülle, jenes große Ganze namens Gebäude, das den Räumen Takt und Struktur vorgibt. Daher ist es nur logisch, dass sie jetzt Architektur an der Technischen Universität in Wien studiert.

Der Studienabschluss ist in Sichtweite. Es wird aber noch eine Weile dauern, bis sie die Urkunde der Technischen Universität Wien in der Tasche hat. Sie arbeitet derzeit drei Tage in der Woche in einem kleinen Architekturbüro im vierten Bezirk. Dort werden keine Megaprojekte entworfen, sondern kleinere bis mittlere Bauten, Umbauten, Zubauten. Auch Hotels, Einfamilienhäuser und Schrebergärten kommen als Projekte auf ihren Arbeitstisch. Die Herausforderung als Zeichnerin und »Mädchen für alles« gefällt ihr: »Da bleibe ich sicherlich noch ein Weilchen.«

Ihr zweites berufliches Standbein ist im Moment das Designen von Grafiken. Für ein kleines Start-Up-Unternehmen entwirft sie Plakate, Folder, Logos und auch Broschüren. Dem Fortschritt ihres Master-Studiums tun solche Aufträge natürlich nur bedingt gut.

Was will sie in ein paar Jahren machen, wenn sie sich diplomierte Architektin nennen darf? Fragen wir. »Ich möchte«, sagt Lehr, »nicht nur selbstständig Gebäude entwerfen, sondern auch das Innere modellieren.« Das Zauberwort heißt »Gesamtkunstwerk«.

Auch der Rabenhof ist wie gesagt so ein Kunstwerk. Heute wohnt ihm jedoch viel unbeachtetes, viel ungenütztes Potenzial inne, ist die junge Mieterin überzeugt. Sie wirft einen weiteren Blick aus dem Wohnzimmerfenster, er trifft ein Möbellager in der Rabengasse, das nach außen hin recht trist aussieht. »Dort war ein Kaffeehaus«, weiß sie und erinnert damit an die ursprünglichen Pläne aus den 1920er-Jahren. »Wahnsinnig schade, dass es das nicht mehr gibt. Der Platz ist sehr schön.«

In ihrer Kindheit gab es neben ihrem Hauseingang auch noch einen Greißler, und man traf noch mehr Menschen im Hof und auf der Straße an. An den Türen der MieterInnen läuteten regelmäßig Gaskassiere, Hausmeister und Briefträger. Und bei allen, die bei der SPÖ waren, schauten auch die Abgesandten der sozialdemokratischen Partei regelmäßig vorbei. »Aber das war einmal. Heute gibt es kaum noch Orte der Begegnung und des Austausches.« Heute steht die Sockelzone zum großen Teil leer. Ein Friseurgeschäft hat noch geöffnet, eine Trafik, eine Fußpflegerin, ein Beisl, ein Blumengeschäft und nicht zu vergessen das Theater und eine öffentliche Bücherei.

Katharina Lehr sieht im Leerstand auch eine Chance. Am Ende ihres Innenarchitektur-Studiums in Sankt Pölten hat sie eine Arbeit zum Thema »Büro der Zukunft« verfasst. Darin ging es unter anderem um die Zukunft des Arbeitens und Wohnens im Gemeindebau. Ihre Ausgangsthese: »Die Städte werden zunehmend größer, das Arbeiten von morgen sollte aber, wenn möglich, nicht zu weit weg vom Wohnen sein.«

Wohnen und Arbeiten im Rabenhof? Californication im Gemeindebau? Google Campus mitten in Erdberg, ohne sauteure

Sushibar, dafür mit leistbaren Kaffee- und Wirtshäusern und einer Renaissance kleiner Wiener Werkstätten und Manufakturbetriebe – wäre das für sie eine Option? »Ich bin ein Fan des Grätzeldenkens. Wenn man als Freelancerin arbeitet, sollte man nicht zu Hause bleiben, denn das ist auf Dauer nicht gut für die Kreativität.«

In der Sockelzone des Rabenhofs Co-Working-Spaces, Shared Rooms, Klein- und Gemeinschaftsbüros für KünstlerInnen, Freischaffende, Ein-Personen-Unternehmen einrichten, diese Vision gefällt ihr: »Das würde für Belebung sorgen.« Anzustreben wäre auch eine gesunde Durchmischung, wodurch man Segregationsphänomene wie in den Pariser Banlieus vermeiden könnte. Lehr konstatiert allerdings auch, dass es bisher wenig Nachfrage nach solchen von der Stadt zu mietenden Räumen gab und dass bis dato nur wenig Kreative im Gemeindebau wohnen.

Unser Fokus wandert von der Sockelzone zurück in die Wohnung der ganzheitlich denkenden Architektin. Ob sie die Räume ihrer Wohnung anders angelegt hätte als die Kollegen Schmid und Aichinger? Fragen wir weiter. Sie überlegt kurz. Also, das Wohnzimmer wäre auf ihren Plänen vielleicht ein wenig größer und das Schlafzimmer ein wenig kleiner geraten. Als Geschichtsinteressierte kennt sie allerdings auch die Genese der Planung: »Damals dachte man offensichtlich daran, dass in diese Wohnung eine mehrköpfige Familie einziehen würde.«

Nach dem Ersten Weltkrieg musste auch bei den Baumaterialien gespart werden. Die eingezogenen Wände sind daher dünn und lärmdurchlässig. Lehr hat ihr Schlafzimmer auf Anraten zusätzlich dämmen lassen, um nicht allzu sehr am Leben der NachbarInnen teilhaben zu müssen. »Perfekt ist es nirgendwo, dafür habe ich mitten in der Stadt so gut wie keinen Straßenlärm.« Die einzige nennenswerte Lärmquelle ist natürlichen Ursprungs: es sind die Kinder, die unter ihrem Schlafzimmer spielen. Der Kindergarten beherbergt nicht nur Kinder, er ist tatsächlich ein Garten, so ein schöner, großer mit Spielplatz und Bäumen und einem gesunden Kinderlärm-Pegel.

Im Schlafzimmer gibt es derzeit auch noch einen ungebetenen Gast. Der Schimmelpilz ist im Winter in das Zimmer eingezogen und hat es unbewohnbar gemacht. Der Schaden ist gemeldet, jetzt heißt es auf den Bauphysiker von »Wiener Wohnen« warten. Die Kunststofffenster und ein undurchlässiger Putz, der bei der Hausrenovierung aufgebracht wurde, haben den filamentösen Aggressor angelockt, sagt die fachkundige Bewohnerin. Der Bauphysiker, der bald kommen sollte, muss sich also warm anziehen. Die gerne geäußerte Diagnose, wonach zu wenig gelüftet werde, wird in der Wohnung der Rabenhof-Architektin nicht ziehen. Sie ist vom Fach. Doch egal was passiert: Sie will auf keinen Fall aus ihrer Gemeindebauwohnung ausziehen. Stößt sich auch nicht am schlechten Image des kommunalen Wohnbaus in Wien. Erzählt lieber von ihren netten NachbarInnen: »Ich kenne leider nur die Leute auf meiner Stiege. Gegenüber wohnt eine albanische Familie, daneben wohnte lang ein Ur-Wiener, eine nette Version vom Mundl, im Stock unter mir wohnt noch eine Pensionistin.«

Kann sie sich vorstellen, einmal in einem Büro an der Rabengasse zu sitzen, um dort einen Gemeindebau 4.0 zu entwerfen, mit einer lebendigen Sockelzone für Kreative, sozial durchmischt, gleichzeitig mit einem hippen Image versehen, in dem die besser Verdienenenden mehr Miete bezahlen als ihre weniger betuchte Nachbarschaft? Die angehende Architektin überlegt kurz, dann sagt sie: »So könnt ihr das hinschreiben, wenn ihr wollt.« Das Raven Pub wird dann vielleicht angesagt sein in Erdberg, und es werden auch wieder mehr Menschen in den Höfen auf der Straße zu sehen sein. Ja, warum eigentlich nicht?

1030

DER QIGONG-LEHRER

neben der 1er-Stiege

Jian Li schafft Brücken, die sich vom Fiakerplatz bis zum Platz des Himmlischen Friedens spannen.

Wien, nur du allein! Von Wien habe er schon als Elfjähriger geträumt. Erwähnt Jian Li gleich eingangs. Damals, vor mehr als einem halben Jahrhundert, als er noch ein Zögling während der Kulturrevolution war. Im von der Kunst getragenen Pekinger Militärinternat. Dass er tatsächlich einmal in der Stadt seiner Kindheitsträume landen wird, wer hätte das gedacht!

Herr Li lächelt, wie immer freundlich. Dann bittet er hinauf in den ersten Stock seines privaten Instituts. Der lichtdurchflutete Übungssaal spannt sich wie eine Brücke über jenen Durchgang, der den Fiakerplatz mit dem Hainburger Weg verbindet. Durch die großflächigen Fenster ist ein schmaler, langgezogener Grüngürtel zu sehen, den der Franz-Adelpoller-Hof in Erdberg seinen BewohnerInnen lässt.

Franz Adelpoller? Der gelernte Schlosser war – weiß eine kleine Erinnerungstafel an der Hauswand – Heizer und Lokführer bei der österreichischen Eisenbahn. Nach dem fehl geschlagenen Arbeiteraufstand im Februar 1934 brachte er Gesinnungs- und damit auch Leidensgenossen im Kohlentender außer Landes, in die damalige Tschechoslowakei.

Auch der Sohn eines Pekinger Mittelschuldirektors und einer Dolmetscherin für die japanische Sprache, viertes von fünf Kindern, weiß, wie sich ein autoritäres Regime anfühlt, wie es sich über die Menschen und die Menschlichkeit hinwegsetzt. Als Mao Zedong in China mit seinen kommunistischen Gefolgsleuten loslegte, 1966, da war er gerade einmal 14 Jahre alt. Li konnte in der politischen Umbruchzeit dennoch eine gediegene Ausbildung genießen: »Unsere Militär- war eigentlich eine Kunstakademie.« Er lernte auch klassischen chinesischen Tanz, Tai-Chi, Qigong, Traditionelle Chinesische Medizin, all das, worauf seine Landsleute seit Jahrhunderten kollektiv stolz sind.

Hinter dem Fenster ist ein Park zu sehen, ein Stück Rotes Wien. Das Reich der Mitte ist – von hier aus betrachtet – weit an den Rand seiner Wahrnehmung gedriftet. Jian Li besitzt heute einen österreichischen Pass. Sein Blick streift einen dicken Dackelhund, der soeben ein Gackerl ohne Sackerl hinterlässt.

Nach dem Studium an der Hochschule für Tanzpädagogik und regelmäßigen Auftritten an der Pekingoper ließ ihn die kommunistische Obrigkeit erstmals im Sommer 1990 für ein Monat zum Studium ans Mozarteum in Salzburg. »Ich war der Einzige«, erzählt der Auserwählte erneut mit dem Anflug eines Lächelns. Und es darf angenommen werden, dass dieser Anflug auch persönlichen Stolz verrät.

Ein Vierteljahrhundert später trinkt Herr Li gerne auch mal Kaffee. Vormittags. Weil zu dieser Tageszeit keine Kurse ausgeschrieben sind, bleibt Zeit für Retrospektives: Nach einer einjährigen Papierschlacht mit den chinesischen Behörden durfte der Auserwählte im Sommer 1991 nach Salzburg zurückkehren, um dort Musikwissenschaft und Kunstgeschichte zu studieren.

Seine Erklärung, warum er dann Peking für immer den Rücken gekehrt hat: »Ich wollte den Rucksack meiner Familiengeschichte nicht weiter auf meinem Rücken tragen.« Dazu will er nur so viel sagen: Diese Geschichte sei nach dem offenen Krieg gegen die Protestierenden auf dem Platz des Himmlischen Friedens noch komplizierter geworden.

Sein freundliches Wesen, seine ruhige Art, seine ganzheitliche Ausbildung und seine künstlerischen Talente blieben auch den Wiener Kulturschaffenden nicht verborgen. So holte ihn der damalige Intendant Klaus Bachler als Solotänzer und technischen Berater an die Volksoper. Im »Land des Lächelns« soll er auch dem Regisseur Klaus Maria Brandauer das eine oder andere Lächeln abgerungen haben, dazu auch dessen ehrliche Wertschätzung. Der Solist aus Fernost sagt ohne Zögern: »Die Volksoper war für mich eine wunderschöne Zeit.«

Im Jahr 2003 eröffnete Jian, wie ihn seine StammkundInnen vertraut nennen, nach zahlreichen Gastspielen sein eigenes Institut. In den für seine Zwecke perfekt angelegten Räumlichkeiten eines Jugendzentrums am Fiakerplatz. Jahrelang hat der chinesische Lehrmeister, der in zwei Kursen auch das Schwert führt, zudem in Volkshochschulen und stadtbekannten Fitness-Studios unterrichtet.

Er betont, dass er sich in Wien gut integrieren und in Erdberg auch gut erden konnte. »Heute muss ich keine Werbung mehr für meine Kurse machen.«

Die Leute kommen von selbst in seine Energie-Tankstelle, sie sind gemeinsam mit dem 65-Jährigen in die Jahre gekommen, manche sind bereits jenseits der achtzig und bewegen sich immer noch geschmeidig über das Parkett. Der Meister sagt zufrieden: Er habe hier nicht nur KundInnen, sondern auch gute FreundInnen gewinnen können. Ihre Sorge, dass er in den Ruhestand treten und sie nicht mehr unterrichten wird wollen, kann er entkräften: »Ich mache heute weniger als früher, aber ich werde ganz sicher nicht aufhören.« Aus gutem Grund: »Ich brauche die Übungen selbst, ich genieße noch immer jede Stunde, jeden Kurs mit meinen Leuten.«

Viel Energie bezieht Herr Li auch von seiner Familie. Von seiner Frau, einer so wie er in China sozialisierten Sängerin, und seiner Tochter, die nach der Matura an der Wirtschaftsuniversität in Wien studiert hat. Heute baut auch sie Brücken zwischen Wien und Peking. Weil man in China großes Interesse an traditionellen europäischen Kräutern und Heilmethoden zeigt und in Europa weiterhin die traditionelle chinesische Medizin gefragt ist, bietet sich die Möglichkeit für einen regen ideellen und materiellen Austausch. »Meine Tochter handelt mit altem medizinischen Wissen, modernem medizinischen Wissen und neben ihrer Seminartätigkeit auch mit Extrakten.«

Viel kann der stolze Vater auch über die kleinen und großen Unterschiede an beiden Enden der Brücke erzählen: »Meinen Wiener KundInnen muss ich alles ganz genau erklären. Meinen chinesischen Landsleuten genügt es, wenn man ihnen eine Übung vorzeigt. Sie vertrauen auf unsere Tradition, darauf, dass es immer gut funktioniert hat.« Auch kommt man in Wien erst zu ihm, wenn man schon Schmerzen hat, und nicht, wenn man die Schmerzen noch fernhalten könnte.

Wenig hält der weit gereiste Austro-Chinese vom Versuch, jahrhundertealte Erfahrungen, vor allem im Bereich der Medizin, eins zu eins zu kopieren: »Was sich bei uns in China als wirkungsvoll erwiesen hat, muss nicht automatisch auch in Europa funktionieren. Ich musste auch von meiner neuen Umgebung lernen und von beiden Seiten die guten Energien zusammenführen.« Er denkt kurz nach, dann sagt er: »Um ganz sicher zu sein, fehlen uns aber wohl noch ein paar Jahrhunderte Erfahrung.«

Und was sagt der Wahl-Erdberger zu Wien? Gut gefällt ihm »das Vertrauen in die Kinder«. In China habe man die Kinder in den vergangenen Jahrzehnten extrem gedrillt. »Sie können schon nach wenigen Tagen in der Schule mehrere Gedichte aufsagen, aber sie können damit nicht wirklich etwas anfangen.« Sein Lächeln verrät, dass der Drill überbewertet sei. »Es fällt uns aufgrund der harten Schulzeit schwer, unseren Emotionen freien Lauf zu lassen. Ihr seid hier in Europa viel besser im Improvisieren.«

Und noch etwas schätzt der Chinese an Wien: Während man in der ganzen Stadt, auch rund um den Fiakerplatz, auf dem großen Fundament des sozialen Wohnbaus aufbauen kann, ist dieser in Peking komplett verlorengegangen. Herr Li: »Wir konnten früher auch günstig wohnen, weil unsere staatlichen Firmen Häuser bauen ließen und die Wohnungen günstig an ihre Arbeiter vermieteten.«

Der aggressive Turbo-Kapitalismus in seiner Heimat hat die sozial verträglichen Angebote jedoch längst vom Wohnungsmarkt gefegt. Heute ist Wohnen in Peking definitiv ein Luxus, den sich viele in der Riesenstadt nicht leisten können.

Interessant ist seine Sichtweise zur Frage der Integration, die ihm selbst gut gelungen ist: »Es ist wie mit der Energie im Körper, mit Yin und Yang. Wenn man von beidem hat, ist das ein Schatz, den man unbedingt nützen sollte. Das funktioniert aber nur, wenn sich beide Seiten öffnen. Wenn sich eine Seite verschließt, kann die Energie nicht fließen.« Er fügt aus seiner eigenen Erfahrung hinzu: »Ich musste auch offen sein für die Kultur hier in Wien.«

Unverständlich ist für ihn bis heute die Traurigkeit, die wie ein Winternebel über Wien und seinem Gemeindebau in Erdberg liegt, die ihm auch in Gesprächen mit KursteilnehmerInnen öfter begegnet: »Die Menschen sind einsamer als in China. Sie reden zu wenig mit ihren PartnerInnen, Kindern, Eltern, FreundInnen, NachbarInnen. Ich sehe das auch an ihrer Körpersprache.«

Doch es wäre nicht Herr Li, würde er nicht bald wieder lächeln. Lieber als über die Traurigkeit erzählt er die Geschichte von der Wiedergeburt eines Gemeindebaumieters: »Er kam zu mir nach einem Schlaganfall, es ging ihm damals wirklich nicht gut. Er hat dann mit Qigong begonnen. Heute kann er auch wieder tanzen.«

1050

DIE HAUS-HÜTERIN

auf der 4er-Stiege

Brigitte Kucher hält sechs Stiegen in Schuss und einen ganzen Gemeindebau bei Laune.

Es gibt Städte, in denen haben die Hüter der Häuser mythisches Format: Was der Concierge dem Pariser, ist dem Wiener der Hausmeister. Man kennt ihn, auch wenn man mit keinem bekannt ist. Man hört sofort seinen Sound, wenn von ihm die Rede ist: »Früher war man als Hausmeister ja eine Respektsperson, bitte schön. Da hat der ganze Bau auf einen g'hört. Mein lieber Schwan, wenn ich beim Fenster ausse gschaut hab und nur kurz gschrien hab, eine Ruh is, dann war's da still wie am Friedhof um Mitternacht.« So kunstvoll verschlagen hört sich »Hausmaster's Voice« in der gleichnamigen Kurzgeschichte des Autors Andreas P. Pittler an.

Man beachte, dass der Hausbesorger im Sprachgebrauch auch heute noch als Hausmeister firmiert. Das ist ein Echo aus einer Zeit, als sich Amtsträger generell eher schulmeisterlich als besorgt zeigten. Kinder betraten einmal im Monat klopfenden Herzens die Hausmeisterwohnung, mit einem Zinsbüchlein in der Hand.

Abbuchungsaufträge waren damals noch nicht erfunden. Im Fernsehen liefen höchstens zwei Programme, und mindestens eines davon versteckte sich, wegen des immer irgendwie schlechten Empfangs, hinter dem elektronischen Äquivalent eines Graupelschauers. Mangels Alternativen lebte man öffentlich, öffentlicher als heute auf Facebook. Die Anonymität der Großstadt blieb im Gemeindebau lange Zeit graue Theorie. Alle sahen alles. Und die Verkörperung des allsehenden Auges im 20. Jahrhundert war der Hausmeister. Damals oft ein Er.

Er war für viele Heranwachsende der erste Ansprechpartner der Autorität. Hausmeister wussten vielleicht nicht alles, aber viel von Begebenheiten, von denen man lieber nicht wollte, dass alle davon wussten. »Obwohl ich nicht weiß, welche Sanktionierungsmaßnahmen dem Hausmeister zur Verfügung standen, die Furcht vor ihm ist mir unvergesslich geblieben«, erinnert sich der Schriftsteller Franz Schuh, selbst ein Kind des Gemeindebaus. Seit Helmut Qualtingers »Herrn Karl« ist ausgemacht, was man von diesem Archetypen zu halten hatte: Er war unheimlich. Und er brüllte aus dem Off wie ein Berserker, selbst wenn man die ersten Zigaretten gut getarnt in der Privatsphäre eines vermeintlich dichten Gebüschs paffte.

So weit die Theorie. Sie hält der Wirklichkeit heute nicht mehr stand. Es ist Zeit, sich vom Hausmeister zu verabschieden. Die offizielle Berufsbezeichnung ist Hausbesorgerin oder Hausbesorger. Er ist eher eine Sie. Und sie ist nicht unerreichbar, sondern zugänglich. An der Tür zur Stiege 4 haftet der Hinweis: Brigitte Kucher, erreichbar am Handy, falls nicht da.

Die Genannte hat im Matteotti-Hof sechs Stiegen und deren Aufzüge unter ihrer Obhut, dazu 2800 Quadratmeter Außenfläche, bestehend aus Gehsteigen und Wiese. Vor dem Hausbesorger-Job arbeitete sie als Bankkauffrau bei der Creditanstalt. Sie hatte Matura, aber auch drei kleine Kinder. Das Homeoffice war noch nicht erfunden. Wegen der Kinder hat sie sich einst um den Posten und die Dienstwohnung – Wohnzimmer, Schlafzimmer, Küche und eine verbaute Loggia – bemüht. Eine Hausbesorgerinnenstelle bot eine der wenigen Möglichkeiten, zu arbeiten und gleichzeitig daheim zu sein. »Als Hausbesorgerin kann man sich«, sagt Frau Kucher, »die Arbeit ein wenig einteilen.«

Ihre Wohnung ist 87 Quadratmeter groß, weiß ausgemalt und freundlich eingerichtet. Brigitte Kucher wohnt hier mit ihrem Mann in zweiter Ehe. Und zwei neugierigen, dem Besuch sehr zugetanen Hunden. Die drei Kinder sind erwachsen und ausgezogen.

Auch die Hausbesorgerin kann sich gut an die Hausbesorger ihrer Kindheit erinnern. »Das waren Respektspersonen. Wenn die etwas gesagt haben, sind wir Habtacht gestanden.« Das hat sich deutlich geändert, auch bei den Kindern. Wenn die streiten, bekommt sie manchmal Schimpfwörter zu hören, »da legst du die Ohren an«.

Es gibt Interessenskonflikte, die sich nie ändern. Wenn zum Beispiel Kinder in einem Gemeindebau ohne Käfig, wie die betonierten Spielplätze früher genannt wurden, Fußball spielen, dann knallt es. Der Ball schlägt lautstark an der Wand des Waschsalons auf. Immer wieder und noch einmal. Da kann es sein, dass ein Fenster zum Hof aufschwingt und ein Erwachsener brüllend seinen Wunsch nach Ruhe zur Kenntnis bringt.

Ganz aus der Luft gegriffen war der »Kaisermühlenblues« nicht, meint die Insiderin. »Einzelne Charaktere, die dort hätten mitspielen können, haben wir auch hier gehabt.« Für Konfliktmanagement sind HausbesorgerInnen aber auch zuständig, also versucht sie ruhig mit den Jugendlichen zu reden: »Bitte, schaut einmal auf die Uhr.« Oder sie schlägt Alternativen vor: »Könnt ihr in den Park gehen?« Manchmal wird sie auch eindringlicher, aber geschimpft wird nie. »Es bringt nichts.« Sie mag es überhaupt nicht, wenn geschimpft wird.

Das gilt letztlich auch für das Problem mit dem Dreck. Er ist nicht nur Materie am falschen Platz. Dreck wird auch gemacht. Er kommt von Gleichgültigkeit, Gedankenlosigkeit und auch von Bosheit. Manche trennen sich zwischen zwei Papierkörben spontan von ihren Taschentüchern, andere lassen ihre Zeitung durch die Luft segeln. Einzelnen wird der Müllsack so schwer, dass sie, anstatt einen leeren Müllcontainer aufzuspüren, ihre Tagesreste knapp vor dem Ziel unter freiem Himmel ablegen. Die ewige Wiederkehr solchen Drecks, das ist der Sisyphus-Aspekt beim Hausbesorgen.

Es gibt auch seltene Fälle von schwersten Unpässlichkeiten an Orten, die dafür nie gedacht waren. Dazu zählt etwa das Stiegenhaus. Solche Malheurs sind zwar nicht signifikant für den Gemeindebau, aber man vergisst sie nicht, auch wenn mit der Zeit der Ekel verschwindet und das Ereignis die geruchlose Form einer Anekdote annimmt. »Früher habe ich mich darüber aufgeregt«, sagt Brigitte Kucher. Jetzt nimmt sie es nicht mehr persönlich, sie hat sich eine Hornhaut auf der Seele wachsen lassen.

Mit Materie am falschen Platz beschäftigt sich die Hausbesorgerin nun schon seit 25 Jahren. Ihr Resümee: »Die Leute sind

Schweinderln, das ist ganz einfach so.« Wer genau? »Vielleicht erwarten Sie jetzt, dass ich über die Ausländer oder Eingebürgerten herziehe, aber das ist es nicht.« Die Zeit habe sich geändert. Sie registriert einen Schwund an Achtsamkeit.

Sie könnte auch die Broken-Windows-Theorie bestätigen: Diese besagt, dass Anarchie klein beginnt, etwa mit einer zerbrochenen Fensterscheibe. Oder, das ist ihr Beispiel, mit Schuhen. Es stehen zunächst einige Paare vor einer Wohnungstür. Dann werden es mehr. Die Schuhe gehen ja noch, sozusagen, aber irgendwann werden sie dann in einem Schuhkästchen versammelt. Und das verstellt dann den Fluchtweg. Was wiederum zu Beschwerden führt. Gewiss, der Bau hat leider keine Abstellräume. Die Stiegen sind schmal. Die Kinderwagen breit. Doch einen freien Weg hinaus muss es geben. Deshalb läutet sie an und sagt, was Sache ist. Wenn mehrmaliges Reden nicht hilft, ist »Wiener Wohnen« am Zug. Die schicken dann Ordnungsberater. Wenn die auch nichts ausrichten, wird das Stiegenhaus geräumt. Das kommt allerdings nur sehr selten vor, bisher nur drei oder vier Mal in ihrer Funktionsperiode.

Es gab auch eine Zeit, da wurde viel gestritten in ihrem Bau. Zwischen alt und jung, zwischen verschiedenen Nationalitäten. »Sie haben sich regelrecht bekriegt«, erinnert sich die Hausbesorgerin. Nicht die Kinder, die haben friedlich auf der Wiese gespielt. Die Erwachsenen beflegelten sich über den Zaun hinweg beim Kinderspielplatz. »Vor sechs, sieben Jahren verging keine Woche ohne Polizeieinsatz.« Allerdings sind die Streithähne von damals mittlerweile älter und weiser geworden, sind weggezogen oder haben sich schlicht beruhigt.

Damals kam Frau Kucher mit zwei anderen Hausmeisterinnen auf die Idee, ein Hoffest zu organisieren. Fünf Feste gab es bisher. Auch der Gemeindebauchor trat einmal auf, und dem Gemeindebau hat es gefallen. Die Event-Managerin erinnert sich an eine ältere Dame, die den Kindern Geschichten vorgelesen hat: »Manche sind vor ihr gesessen, als ob sie noch nie so etwas gehört hätten.« Jetzt muss es aber eine Fest-Pause geben. Den aktiven Hausbesorgerinnen macht ihr Job zu schaffen. »Wir werden nicht jünger«, sagt Brigitte Kucher. Ihre Bandscheiben sind angeschlagen, ein neues Knie hat sie auch bekommen.

Sie ist eine der letzten ihrer Art, angestellt nach dem Hausbesorgergesetz. Im Jahr 2000 entsorgte die schwarz-blaue Koalition diese Regelung. Seither übernehmen Teams der »Wiener Wohnen Haus- & Außenbetreuung« die Arbeit jener HausbesorgerInnen, die in Pension gehen. Bleibt es wie es ist, tritt in den nächsten 15 Jahren ein ganzer Berufsstand für immer ab.

Sind die MieterInnen mit Frau Kucher zufrieden? »Glaube schon«, sagt sie knapp. Es gibt keine Beschwerden, zumindest sind ihr keine bekannt. Es gibt natürlich Nörgler, aber sie kennt sie und weiß mit ihnen umzugehen. Die sagen zum Beispiel: »Schon seit vier Monaten ist die Stiege nicht gemacht worden.« Vor solchen Anwürfen schützt sie dann die Hornhaut auf ihrer Seele.

1050

DER JAZZ-MUSIKER
auf der 2er-Stiege

Franz Koglmann fabriziert an der »Ringstraße des Proletariats« weithin gehörte Weltmusik.

Man stelle sich vor: Wien, gehüllt in feinen Nieselnebel. Graue Gemeindebauten, Pfützen auf Asphalt. Wer an so einem Tag unterwegs ist, huscht mehr als er geht. Und doch huscht der Interviewer beschwingt, er lächelt sogar. Seine Ohren sind mit kleinen Kopfhörern verstöpselt. Musikalischer Witz breitet sich behaglich darin aus. Die Nummer heißt: »Ist das ansteckend?« Und ja, es ist ansteckend. Es ist nämlich rhythmischer Jazz, jene Weltmusik, in der sich Afrika mit Europa und Amerika mischt und die in diesem grauen Moment inmitten der blassen städtischen Wohnbauten Lust macht auf eine Bar, einen Drink und eine Zigarette.

Die CD heißt »Venus in Transit«, und sie ist einer von vielen Geniestreichen Franz Koglmanns, an dessen Tür der Interviewer gleich läuten wird. Dem Interviewer ist ein wenig bange, denn von Noten und Partituren, Polyrhythmen oder Schleiftönen versteht er wenig, und auf ihn wartet ein weltbekannter Exponent des modernen Jazz, der noch dazu auf eine mehrseitige Diskografie verweisen kann, auf Bücher, in denen er vorkommt, auf Internet-Seiten, die von ihm erzählen, und auf Preise, mit denen er überhäuft wurde. Man müsste Franz Koglmann gar nicht erst besuchen, um über ihn zu schreiben.

Doch der Mann, der ihn erwartet, wird sich als angenehmer Gastgeber erweisen. Es wird gelacht werden an seinem großen Tisch im Wohnzimmer, an dem er gemeinsam mit seiner Lebensgefährtin Ingrid Karl sitzt. Wir werden 70 Jahre Musikerleben vor- und zurückspulen, und die Zeiten werden durcheinander laufen, einer Jazz-Improvisation ähnlich, und Rundungen bekommen.

Franz Koglmann mag Rundungen. Er fühlt sie in der Wiener Mentalität, er sieht sie in den Fenstern des großen Wohnzimmers, in denen wie auf einem Gemälde die Silhouetten der Wienerwaldberge in der Abenddämmerung sanfte Kurven zeigen. Er hört Rundungen in der Wiener Musik, bei Franz Schubert sowieso und selbst bei Alban Berg. Auch bei Bruckner und bei Brahms »klingt vieles so schön rund. Und diese Rundungen sind in ganz Wien und jedem Wiener drinnen.« Und natürlich auch in seiner Musik.

Wir springen zurück in die 1950er-Jahre, zu einem musikbegeisterten kleinen Franz. Er hatte seine Mutter im Ohr, sie war Chorsängerin. Und auch ein Großvater spielte in der Familie groß auf, der war ein böhmischer Musikant. Koglmann lernt, wie sich das für ein Wiener Musikkind gehört, brav Akkordeon. Bis Louis Armstrong in die Stadthalle kommt. Zweimal geht Koglmann hin, danach wird er Trompete lernen. Mit 14 kommt Koglmann aufs Konservatorium. Es gefiel ihm nicht nur seine neue Liebe, der Jazz, sondern auch die ganze alte Klassik. Jahrelang wusste er nicht, welcher Stil nun wirklich der seine werden sollte. Ganz festgelegt hat er sich bis heute nicht. Er changiert, lässt den Jazz die Literatur berühren oder holt sich Klassik in die Noten.

Nach einem Intermezzo bei der Gardemusik des Bundesheers, wo Koglmann seinen Präsenzdienst heruntermusizierte, wechselte er dann doch noch in die Jazzabteilung, die 1967 am Konservatorium gegründet wurde. »Ich wurde dann«, sagt er, »so etwas wie ein Jazzmusiker.« Aber nicht nur. Auf seinen Notenblättern begannen die Ströme zu verschmelzen zu einem dritten Strom zwischen Jazz und Klassik, dem Third Stream. Und dort hat er sein musikalisches Zuhause gefunden.

»Im Grenzbereich von Jazz und europäischer Moderne angesiedelt, ist K. zweifellos eine der eigenständigsten und eigenwilligsten Erscheinungen des österreichischen und internationalen Musiklebens«, heißt es etwa im österreichischen Musiklexikon.

Viele Konzerte, Kompositionen und Tourneen später steht plötzlich das Jahr 1995 auf dem Kalender. Franz Koglmann und seine Lebensgefährtin Ingrid Karl ziehen in den Gemeindebau, in eine geräumige Atelierwohnung mit Terrasse. Nicht jeder bekommt so eine Wohnung, doch die Gemeinde meinte es gut mit den KünstlerInnen. Davor lebten Karl und Koglmann in einer winzigen Substandardwohnung. Zimmer, Küche, Klo am Gang, alles sehr klein und dunkel.

Kurze Rückblende in den Substandard: Sie machten aus der winzigen Stube eine vibrierende Jazz-Zelle, in der nicht nur gewohnt wurde. Ingrid Karl gründet dort ihre »Wiener Musik

Galerie«. Auch als Büro, Archiv und Probenraum muss die Wohnung dienen. Ein Bub aus reichem Haus fragte Frau Karl einmal: »Wo ist dein Büro?« Und sie drehte sich ein wenig und zeigte auf den Schreibtisch. »Und das Schlafzimmer?« Sie zeigte auf das Bett. »Und die Küche?« Sie zeigte auf den Herd. »Siehst du, alles da. Ich habe nur keine Wände.« In der wandlosen, mit Papier zugewachsenen Kleinwohnung erforderten alle Bewegungen eine ausgeklügelte Choreografie. Besonders dann, wenn die Hautevolee der internationalen Jazzszene zu Gast war. Oder die Literatur- und Kunstszene. Oft schwang Koglmann den Kochlöffel, komponierte klassisch Französisches. Er mag Frankreich. Er sagt sürreal, nicht surreal. Fast wäre er einmal in Paris geblieben. Oder in New York, da hat er auch gelebt. »Mittlerweile habe ich das abgehakt. Wien hat gewonnen. Wien ist internationaler geworden, multikulturell. Wien ist heute genauso interessant wie die anderen großen Städte. Es gibt auch hier eine ausgeprägte Jazz-Szene. Ich möchte nirgendwo anders mehr wohnen.«

Und dann sitzen wir wieder in der Gegenwart, in diesem großen, weißen, geräumigen Wohnzimmer. Die Hauskatze Lilli nimmt ihren Platz am Tisch ein und bekommt eine Wellness-Behandlung. In der kurzen Gesprächspause schweift der Blick des Interviewers nach rechts und fängt sich in der Bücherwand. Was man dort findet? Alles, sagt Koglmann, Klassik ebenso wie Moderne. Er hat vieles gelesen, liest vieles, will immer alles lesen. Es gibt eine Vorliebe für Franzosen und Wiener. Heimito von Doderer hat er noch persönlich gekannt. Dessen Sprachmacht hat Koglmann tief berührt. Es gibt auch Musik von ihm, die Doderer gewidmet ist.

Auf der CD »A White Line« findet sich ein Stück namens »Quapp«, eine der Hauptfiguren aus den »Dämonen«.

Auch Vladimir Nabokov hat es dem Musiker angetan, in seinem Geiste hat er auch eine CD komponiert: Lo-lee-ta/Music on Nabokov. Koglmann blickt auf »eine schwere, harte Arbeit« zurück. Er wollte das literarische Genie Nabokovs in die Musik übersetzen, ist aber im Rückblick nicht mit sich zufrieden. Der Komplexität Nabokovs, findet er, kann man musikalisch nur schwer entsprechen; obwohl Musik ein Medium ist, in dem sich Komplexität optimal ausdrücken lässt.

Im Gemeindebau hat Koglmann nicht so viele Kontakte; Ingrid Karl ist eindeutig mehr Außenminister als er, weiß viel über die NachbarInnen zu erzählen: »Ich bin sehr kommunikativ.« Sie freut sich, dass die Leute so verschieden sind. Auch, weil es so viele verschiedene Nationalitäten gibt. »Nebenan wohnt eine mazedonische Familie. Das sind richtige Aufsteiger, in der dritten Generation jetzt. Der Sohn hat studiert. Seine Kinder sind voll integriert. Es wohnen auch zwei Philippinas im Gemeindebau, Frauen, die von ihren Männern verlassen worden sind. Sie haben gleich, nachdem sie hier angekommen sind, eine Ausbildung zur Krankenbetreuerin begonnen. Ihre Kinder studieren.«

Dann gibt es eine türkische Familie aus dem tiefsten Anatolien, AnalphabetInnen. Wenn die Frauen untereinander in der Waschküche reden, erfährt Karl etwas über deren Welt: Vor allem die Männer haben unglaubliche Vorstellungen. Im Haus wohnt auch eine Istanbulerin, die die Allüren ihres autoritären Mannes nicht mehr ertrug und sich scheiden ließ. »Sie ist eine unglaublich städtische, liberale Türkin, die es überhaupt nicht versteht, dass Österreich das Kopftuchverbot nicht durchgezogen hat.« Und dann ist da noch ein kurdischer Kommunist aus dem Irak, der sich seine Frau »auf dem Heiratsmarkt gekauft hat«. Ein Netzwerkdiagramm erscheint vor dem Auge des Interviewers, mit Frau Karl im Zentrum. Sie hilft, sie vermittelt, sie mischt mit.

Was würde Franz Koglmann sagen, würden ihn die NachbarInnen fragen, was er so treibt? Koglmann denkt nach, dann sagt er: »Ich bin in einer Doppelfunktion unterwegs. Ich bin jemand, der Musik erfindet, die dann üblicherweise aufgenommen und interpretiert wird.« Er schreibt nichts für die Schublade, meist »fabriziert« er Aufträge. Und dann ist da noch die Interpretation. »Ich muss immer üben, ich will in Schuss bleiben. Weil ich ja oft mitspiele. Wobei die Interpretation als Jazz-Musiker auch mit Erfindung zu tun hat, weil man da ja viel improvisieren muss.« Im Prinzip beschäftigt er sich mit »Kunst überhaupt«. Er ist ein synästethischer Mensch. Das wirkt sich auch in seiner Musik aus, es gibt große Einflüsse aus anderen Genres, ohne diese Einflüsse könnte man sein Werk gar nicht recht erklären.

Meist arbeitet er daheim, manchmal ist er auf Tournee oder gibt in Wien ein Konzert. Um Tourneen reißt er sich nicht mehr so, er hat ohnehin die ganze Welt als Musiker kennengelernt. Eigentlich ist er jetzt ganz gerne zu Hause.

Linker Hand erkennt der Interviewer ein kleines Arbeitszimmer. Wird dort die Trompete geblasen? Koglmann nickt. Er übt »nach Möglichkeit jeden Tag«. Es hat sich aber noch nie jemand beschwert. Er bläst vorzugsweise zwischen 14 und 16 Uhr. Und er spielt mit

Dämpfer, damit die Töne möglichst in der Wohnung bleiben. Ein Keyboard steht auch noch im Arbeitszimmer, es lässt sich auf samtpfötige Lautstärken herunterregeln. Damit könnte er sogar des Nachts arbeiten, ohne jemanden zu stören. »Leben, das gab es für mich früher immer nur in der Nacht«, sagt einer, der jetzt im Gemeindebau zu Hause ist. Der Gemeindebau hat ihn umgedreht. Aus dem Nachtmenschen ist ein Morgenmensch geworden. Aus seiner Wohnung lässt sich der Tag nicht so leicht aussperren. Sie ist sehr, sehr hell. In der Früh kitzelt ihn das Licht wach.

Auch das Komponieren erfolgt heutzutage nahezu lautlos, im Geisterreich des Computers. Koglmann setzt die Noten auf einem Apple mit dem Satzprogramm »Finale«. Komponieren, lernt der Interviewer, ist eine Tätigkeit zwischen Spaß und Fron. Beim Komponieren kommen ihm »oft genug arge Bedenken«. Wenn er das Komponierte erstmals hört, klingt es schauderhaft, weil Computer für das feine Ohr Computer sind und keine Jazzband. Das Erste, was er hört, sind sowieso »die Fehler, die man gemacht hat«.

Vor zehn Jahren hat Franz Koglmann die digitale Komponierhilfe erstmals in Betrieb genommen. Davor war das Komponieren Handarbeit. »Da hat es schöne Handschriften gegeben«, sagt Ingrid Karl. Es gibt sie immer noch, denn die Skizzen kritzelt der Komponist immer noch auf Notenpapier. Von dort wandern sie dann ins »Finale«-Programm. Früher musste man Kopisten anstellen, heute liefert der Komponist das komplette Material: Die Partitur für den Dirigenten, die Stimmen für alle Musiker. »Man kann heute nicht mehr mit einer handgeschriebenen Partitur daherkommen, die Leute würden sich auf den Kopf greifen.«

Als er vor zehn Jahren mit »Finale« begann, hat er praktisch rund um die Uhr mit der Hotline in Deutschland telefoniert. Damals hatte er gerade einen Auftrag vom Klangforum Wien. Vier Lieder nach Texten von Franz Schuh. Damals beschloss er: Ich benütze das Programm, und wenn ich mich nicht auskenne, kämpfe ich mich durch. Es lief darauf hinaus, dass er jeden Tag die Hotline anrief, ein Herr Maus – was für ein entzückender Name für einen Helpdesk-Mitarbeiter – betreute ihn. Heute braucht Koglmann keine Hotline mehr, was ganz praktisch ist, denn sie wurde mittlerweile eingestellt.

In diesem Jahr wird Koglmann 70. Vor seinem runden Geburtstag arbeitet er an einer Komposition für Orchester, aber nicht für sich, sondern für das Radiokulturhaus. Es wurde vor 25 Jahren mit einem Stück von ihm eröffnet, jetzt hat er den Auftrag bekommen, den Kreis zu schließen. Vor seinem eigenen Jubiläum graut ihm eher. Ein Geburtstagskonzert steht an, und seine Gäste freuen sich vermutlich auf die Feier mehr als er. Ingrid Karl meint, da muss er durch.

1080

DIE VOLKS-BILDNERIN

auf der 12er-Stiege

Karin Schön war auf der Suche nach der verlorenen Nachbarschaft auch mit Widerstand konfrontiert.

Alles begann mit einer schönen Tuschezeichnung. Sie hängt heute, schön gerahmt, im Vorzimmer der Lehrerin Karin Schön. Man merkt dem Blatt nicht an, dass es seinerzeit im achten Bezirk die Runde machte und viele Köpfe beschäftigte. Dem Grafiker, einem Nachbar Schöns, war die Sache später sogar peinlich. Seine Zeichnung zeigt die Synagoge, die von 1903 bis 1938 in der Neudeggergasse Nr. 12 stand. Genau an jener Adresse, an der in den 1950er-Jahren ein schmuckloser Gemeindebau errichtet wurde. Eine Synagoge, hier! Das war 1996 eine Neuigkeit in der Neudeggergasse.

Zwei ihrer BewohnerInnen, die Filmemacherin Käthe Kratz und der Unternehmensberater Hans Litsauer, wollten die unbekannte Geschichte des verschwundenen Gotteshauses so nicht stehen lassen. Sie wollten bewusst machen, was geschehen war, wie viel Leben, Kultur und Kunst im Jahr 1938 vom nationalsozialistischen Regime aus dem Bezirk vertrieben wurde. Sie entwickelten eine harmlos anmutende Idee und trafen damit einen blanken Nerv.

Wenn man etwas über die 1990er-Jahre sagen kann, dann das: Es war das Jahrzehnt, in dem man über die NS-Zeit anders zu reden begann. Die Regierung unter dem sozialdemokratischen Bundeskanzler Franz Vranitzky entsorgte ganz offiziell die These von Österreich als erstem Opfer. Der Kanzler bekannte sich in einer weltweit bemerkten Rede zur österreichischen Mitschuld an den Verbrechen des Nationalsozialismus. Und es blieb nicht nur beim Bekenntnis. Eine eigens eingesetzte Historikerkommission dokumentierte das in Österreich bis zu diesem Zeitpunkt stillschweigend übergangene, verschwiegene Unrecht in 49 dicht beschriebenen Bänden.

Es stellte sich heraus, dass die Nazi-Zeit auch im Gemeindebau mörderisch gewesen war. Jüdische Mieter wurden gleich nach dem »Anschluss« auf die Straße gesetzt, in Massenquartieren zusammengepfercht und später in Vernichtungslagern ermordet. Es gab über 2000 solcher Kündigungsverfahren. Wir wissen davon, weil die Wissenschaftler Herbert Exenberger, Johann Koß und Brigitte Ungar-Klein 1996 die Pionierarbeit »Kündigungsgrund: Nicht-Arier« verfasst haben. Eine Folge ihrer Recherchen ist, dass heute auch in Gemeindebauten Gedenktafeln an die ermordeten MieterInnen erinnern.

Karin Schön war immer politisch interessiert, aber was 1938 in ihrer Gasse geschehen war, wusste sie lange nicht. Sie kam 1960 auf die Welt, und diese Welt war lange Zeit besagter Gemeindebau in der Neudeggergasse. Sie wuchs in der kleinen 45-Quadratmeterwohnung ihrer Eltern auf, gemeinsam mit ihrem Bruder, ohne eigenes Zimmer. Ihre Freundinnen, viele aus sogenanntem guten Haus, machten sich am Ende der Volksschulzeit bereit für den Übertritt ins Gymnasium. Karin Schön wollte da auch hin. Selbstverständlich war das damals nicht, aber die Eltern sagten Ja.

Ihr Gymnasium in der Possingergasse außerhalb des Gürtels war progressiv. Die Regierung Kreisky betrieb gerade die »Mobilisierung der Bildungsreserven«. Dessen ungeachtet: Die höheren Schulen wurden großteils immer noch autoritär geführt. Die körperliche Züchtigung von SchülerInnen galt weiterhin als Ausweis pädagogischer Tatkraft. Der Geschichtsunterricht endete meist mit der Monarchie.

Ihre Schule, erinnert sich Schön, war schon damals anders, »eine Vorzeige-Linkslinks-Schule«. Sogar die Männer trugen lange Haare. Es wurde nicht nur fächerübergreifend unterrichtet, sondern auch viel diskutiert. Über Gott-sei-bei-uns-Themen wie Dritte Welt, Abtreibung, Emanzipation. Es gab progressive Schulprojekte, und es gab Begeisterung. Manchmal werkten die Schüler mit den Lehrern bis spät in die Nacht. Einmal musste ihr einer der Lehrer, ein Doppeldoktor, ein Attest ausstellen, das zu Hause Eindruck machen sollte. Das lange Wegbleiben von zu Hause, bei ausufernden Diskussionsabenden, die manchmal auch zum Heurigen führten, musste vor ihren misstrauischen Eltern quasi amtlich legitimiert werden. Der heimliche Lehrplan für Reden aus dem Stegreif hat sich bestens bewährt. Die Volksschullehrerin ist nicht auf den Mund gefallen.

Ein paar Jahre lang wohnte sie anderswo, dann machte sie ihr Vater darauf aufmerksam, dass sich in der Neudeggergasse eine Wohnung anschickte, frei zu werden. Man war bei der Partei. Anfang der 1980er-Jahre war das noch eine große Hilfe, wenn man eine Gemeindewohnung wollte. Der Parteikassier kam auf ein oder zwei Gläser vorbei, und die Partei richtete das mit der Wohnung. Im Jahr 1986 kehrte Karin Schön in die Neudeggergasse zurück.

Sie wohnt ganz oben im vierten Stock, die Fenster ihrer 45 Quadratmeter großen Wohnung zeigen auf die Straße. Ihre Möbel mag sie modern und leicht. Sie zeichnet und malt auch gerne. In der Wohnung hängen eigene Werke, sowohl abstrakte als auch gegenständliche. Die Küche erinnert ein wenig an eine Schiffskombüse, so schmal ist sie. Das Kochen dort erfordert eine eigene Beweglichkeit. Von solchen Imponderabilien abgesehen, mag sie ihre Wohnung. Die Lage ist schön, die U-Bahn nahe, sie will von dort nicht mehr weg.

Die Volksschule in der Kleinen Sperlgasse im zweiten Bezirk ist die zweite Konstante in ihrem Leben. Sie unterrichtet dort seit 36 Jahren. Anfangs waren acht Klassen in der Schule, mittlerweile sind es zehn. »Wir haben viel mehr Kinder als früher.« Ihre Schule, findet sie, könnte mehr LehrerInnen vertragen. Und die Kinder mehr Platz. Sie selbst arbeitet als Support- und Sprachkompetenzlehrerin mit halber Lehrverpflichtung; sie bringt den Kindern, die an ihrer Schule zu neunzig Prozent Migrationshintergrund haben, Deutsch bei. Der Schuldienst forderte auch bei ihr seinen Tribut: Sie blieb mit der Diagnose Burnout fünf Jahre daheim, gegen Entfall der Bezüge. Mittlerweile hat sich gesundheitlich alles wieder eingependelt.

Karin Schön ist keine Großverdienerin, da kommt es zupass, dass die Miete vergleichsweise niedrig ist. Wenn die Wohnung nicht das

Gehalt frisst, bleibt Raum für Hobbys: Sie reist gerne. Und sie mag Kunst, Kunst, Kunst. Über die neuesten Ausstellungen in Wien weiß sie bestens Bescheid, und wenn man danach fragt, wie sich Turandot zuletzt an der Staatsoper angefühlt hat, bekommt man detailliert Auskunft über Bühnenbild, Dirigat und die Disposition der Sänger.

Das Projekt »Verlorene Nachbarschaft« kam in Frieden. Die Synagogenfassade sollte für ein paar Wochen wieder auferstehen. Der Plan war, ein bedrucktes Netz über den Gemeindebau zu spannen. Außen sollte das Bild der Synagoge prangen, die in der Reichspogromnacht verwüstet und später zerstört worden war. Fast alle in der Gasse fanden die Idee gut. Eine Umfrage, die später gemacht wurde, zeigte hohe Zustimmungsraten bei der Wohnbevölkerung. Es gab allerdings eine bedeutende Ausnahme. In dem Buch *Verlorene Nachbarschaft* (es ist immer noch erhältlich), in dem das Projekt später minutiös dokumentiert wurde, steht lapidar der Satz: »Im Gemeindebau formiert sich Widerstand.«

Ein Mann mit dem Herz auf dem rechten Fleck hatte die Themenführerschaft im Gemeindebau an sich gerissen und seine MitbewohnerInnen auf ein heftiges Nein eingeschworen. Immer diese Juden, wer denkt an uns, lautete der Tenor. Der damalige Bürgermeister Helmut Zilk rückte persönlich aus, um den Gemeindebau umzustimmen. Er scheiterte. Zu einer Informationsveranstaltung im Magistrat, zu der er eingeladen hatte, erschien der Gemeindebau fast geschlossen nicht. Es gab eine einzige Ausnahme: Karin Schön.

Sie trat noch an jenem Abend dem Team bei, das nun um sie, den legendären Radiomann Hubert Gaisbauer und den Architekten

Georg Schönfeld angewachsen war. Das Projekt litt allerdings unter dem Schönheitsfehler, dass es tot war. Der Bürgermeister wollte auf keinen Fall gegen den Gemeindebau agieren. Einige Gläser Wein später erwachte das Projekt zu neuem Leben. Die Synagogenfassade sollte einfach zweigeteilt und vor den angrenzenden Häusern aufgestellt werden, mit dem widerspenstigen Gemeindebau inmitten.

Die BewohnerInnen der Nachbarhäuser stimmten ihrer Verhüllung ohne Wenn und Aber zu. Im Rückblick meint Karin Schön auf die Frage, warum der Gemeindebau sich ebenso klar verweigerte: »Es war auch eine Klassenfrage. In dem Haus wohnten viele einfache Leute, für die waren die Käthe Kratz eine abgehobene Filmemacherin und ihre Kumpane ›g'stopfte Bürgerliche‹ aus schönen Häusern, die den hässlichen Gemeindebau verhängen wollten. Der Zweite Weltkrieg lag noch nicht so lange zurück, viele sahen sich selbst als Opfer. Der Wortführer schürte die Angst, der Rest folgte ihm. Es fehlte an Bildung, es fehlte an Bewusstsein und an Gefühl. Die Nazi-Ideologie hat noch lange nachgewirkt.«

Und warum machte Frau Schön mit? »Vielleicht war es das unbewusste Bedürfnis, ein dunkles Kapitel zu erhellen, einerseits in familien- und andererseits in national-geschichtlicher Hinsicht«, schreibt sie im Buch *Verlorene Nachbarschaft*. »Oder die stille Hoffnung, eine ererbte Last ablegen zu können, sich aus einem ›irgendwie‹ Darin-verwickelt-Sein zu entwickeln.«

Unter den EmigrantInnen breitete sich die Nachricht lawinenartig aus. Aus Israel, den USA und Argentinien kündigte sich Besuch an. Für das Projektteam begann der erwartbare Zirkus: Kalkulationen, Finanzverhandlungen, Briefe, Ansuchen, Telefonate,

Termine. Geldprobleme, und deshalb wieder Telefonate, Ansuchen, Briefe, Termine. Ein Kulturprogramm musste her, und ein historisch-wissenschaftliches Begleitprogramm. Es sollte dokumentiert werden, welchen Aderlass die Wiener Kultur durch die Vertreibung der jüdischen Mitbürger erlitten hat. Und ein Film wurde gedreht, und ein Buch geschrieben. Alles gelang. »Man fragt sich im Rückblick, wie wir das geschafft haben«, wundert sich Karin Schön noch heute.

Sie betreute die Vertriebenen, die zumindest für ein paar Tage in ihren Bezirk zurückkehrten. Sie sieht diese Besuche noch heute als »Riesengeschenk«, freut sich im Rückblick über »die Dankbarkeit, die Rührung, die Freude«. Sie erzählt von überbordenden Gefühlen bei den Vertriebenen, »positiven wie negativen«, sie spricht von einem Heilungsprozess, an dem sie selbst teilhaben durfte.

Karin Schön packte auch als Eventmanagerin mit an und kümmerte sich um die Betreuung der Schulen. Das war nicht einfach, denn die Supplierregelung wurde gerade auf Sparsamkeit getrimmt. Wenn Schulklassen ausrückten, um etwa einer Veranstaltung im Zelt beizuwohnen, das eigens in der Neudeggergasse aufgestellt worden war, dann gingen die zurückgebliebenen LehrerInnen der sogenannten MDL, der Mehrdienstleistung, verlustig und bekamen weniger Geld, weil ja keine Schüler da waren. Was den Tatendrang der Pädagogenschaft ein wenig bremste, aber nur ein wenig. Karin Schön kann sehr überzeugend sein.

Das Projekt wirkt bis heute nach. Erst 2013 fand wieder eine Veranstaltung statt. Eine Gedenktafel erinnert nun dauerhaft an die Synagoge: »Verloren für immer, wiedererstanden wenigstens in ihrer Fassade für sechs Wochen im Oktober/November 1998 – Zeuge einstigen jüdischen Lebens in der Josefstadt.«

Und wie war es danach im Gemeindebau? Haben ihr die NachbarInnen verziehen? »Es war genau umgekehrt«, sagt Karin Schön. »Ich wurde im Stiegenhaus sehr höflich gegrüßt, war aber für lange Zeit kurz angebunden.«

1080

DIE NEU-BESETZUNG

neben der 1er-Stiege

Piano Plutphong und die Geschichte eines Geschäfts: von feinen Zwirnen bis zu scharfen Currygerichten.

Sie kocht so gut, dass sie alle loben. Was heißt loben? Wäre es Musik, man müsste die Tonart frenetisches Jubilieren nennen. Severin Corti, Sprachgourmet der Tageszeitung *Der Standard*, fand das Lokal so gut, dass er die »fragile Balance aus Hingabe, kulinarischer Virtuosität und asketischer Möblierung« mit dem Prädikat »neuer bester Thai« adelte. Und kokett überlegte, ob es nicht besser wäre, »solche Schätze gar nicht erst publik zu machen.« Jetzt ist es aber schon geschehen, und das winzige Lokal von Piano Plutphong ist in aller Munde.

Der Ludo-Hartmann-Hof war schon immer im Gespräch. Schon in den Roaring Twenties galt er als etwas Besonderes: »Bemerkenswert«, heißt es in den Annalen der städtischen Verwaltung, »der ehrenhofartige Rücksprung mit Terrasse auf palmenartigen Majolikasäulen«. Es ist nur ein liebevolles Detail unter vielen. Dort, mitten im Achten, wurde ausnahmsweise keine Wohnburg für Tausende errichtet. Klinker wurde aufgemauert und Keramikdekor.

Als wollte das Rote Wien zeigen, dass es auch verschwenderisch sein kann: Die Anlage klein, die Wohnungen groß! Bis zu vier Zimmer warteten auf höhere Magistratsbeamte, die sich dort mit ihren Familien die Stiegen dreier Innenhöfe teilten. Und im »ehrenhofartigen Rücksprung« plante der Architekt Cesar Poppovits mit leichter Hand eine pariserische Einkaufspassage, in der Wiens neuer bester Thai untergebracht ist.

Auch wenn Walter Benjamin dort nie vorbeiflanierte, zum »Passagenwerk« des Kulturphilosophen hätte die kleine Ladenzeile gut gepasst. Dort tritt, wie Benjamin schrieb, »die Kunst in den Dienst des Kaufmanns. Die Zeitgenossen werden nicht müde, sie zu bewundern.« Müde wird man in dieser Passage nicht so leicht, dafür ist sie zu kurz. Und das kleine Lokal, von dem hier die Rede ist, ist kleiner als klein. Es ist winzig.

Das Geschäftsleben darin begann am 1. Juli 1928. Ein Handarbeitsgeschäft eröffnete den Reigen, Zwirn, Garn und Wolle zogen ein. Die Mode erlebte eine Blüte, aber man ging dennoch sparsam mit den Textilien um. Socken wurden gestopft, nicht weggeworfen. Kleider begleiteten ihre Träger durchs Leben, an der laufenden Nähmaschine wurde den biologischen Veränderungen des menschlichen Körpers hinterher genäht.

Doch über die Jahre wurden auch die Wiener und Wienerinnen mit dem Wegwerfen vertraut, in den Roaring Sixties zeigte die Zeit ein anderes Gesicht. Ein Elektro-Installateur übernahm den Laden, auch er ein passender Statthalter seiner Epoche. Aus ArbeiterInnen waren KonsumentInnen geworden. Eine Flut von Elektrogeräten ergoss sich in die Haushalte: Geschirrspüler, Waschmaschinen,

Fernseher, Plattenspieler, Kühlschränke. Die Leitungen in den Häusern waren nur für Glühbirnen ausgelegt. Das »Installationsgeschäft« lief bis ins Jahr 2003.

Und es folgten die Jahre, in der die Geschmacksnerven erwachten. Ein Trend zum Feinsinn begann sich durchzusetzen, demonstratives Schmecken und auskennerisches Schnuppern erreichte die Gastronomie. Beim Wein zum Beispiel genügte es schon bald nicht mehr, zwischen Weiß und Rot bzw. Doppler und Bouteille zu unterscheiden. Und so mag es nicht überraschen, dass der Installateur von Flaschen abgelöst wurde: Rotgipfler, Chardonnay und Pinot Grigio füllten den Raum. ZeitzeugInnen erinnern sich, dass plötzlich Connaisseurs mit Weingläsern zwischen den palmenartigen Majolikasäulen standen. Es gab nun eine Vinothek in der Albertgasse.

Gegen Ende der Nuller-Jahre änderte sich die Welt abermals. Ideen, Waren und Menschen strömten in bisher nicht gekanntem Ausmaß über den Globus. Weil es die Arbeit in einer internationalen Organisation erforderlich machte, zogen auch Piano Plutphong und ihr Mann Jan in die Stadt an der Donau. Und eröffneten im Jahr 2015 das »Mamamon«.

Das Gastronomen-Ehepaar verdoppelte die vorhandene Fläche, wenn auch nur optisch, mit einem großen Spiegel. Er ist über und über mit rosa, grün und gelb geschriebenen Hinweisen auf die angebotenen Köstlichkeiten bedeckt: Kohlsprossen in scharfer Fisch-Sauce. Duck Noodle Soup. Vinaigrette und knusprige Schalotten.

Neun Barhocker stehen an den Wänden, wo ein Massivholz-Brett in Brusthöhe als Unterlage dient. In der Mitte räkelt sich ein einziger Tisch. In einem größeren Raum wäre er bloß groß, hier erscheint er riesig. Das Essen, so viel lässt sich objektiv sagen, ist ein Gedicht. Schon das einfachste der Gerichte, die Gemüsesuppe, ist Programm: Sie ist leicht, klar, aromatisch. Eine jener Suppen, die nicht nur gut schmecken, sondern Freundschaft mit dem Magen schließen. Jan ist ein studierter Experte für gesunde Ernährung, Piano hat daheim in Südthailand im Restaurant der Eltern kochen gelernt. Vor der Schule ging sie immer mit der Mutter auf den Markt einkaufen, daher kommt ihr Faible für lokale Produkte und ihre Freude an frisch gekochtem Essen. Der Name des Restaurants – Mamamon – ist eine Hommage an ihre Mutter.

Von dem Psychologen Paul Watzlawick stammt der Satz: Man kann nicht nicht kommunizieren. Das leuchtet in diesem Lokal unmittelbar ein. Wer von einem der schön scharfen Currys befeuert wird und nach ein paar Bissen zu schwitzen beginnt, wird früher oder später gefragt, ob es ihm gut geht. Es entsteht, der Enge, der sanften Musikauswahl und dem köstlichen Essen geschuldet, fast immer eine gewisse Zutraulichkeit unter den Gästen. Man geht nicht nur auf Mittagspause ins Mamamon, man macht dort kurz oder auch länger Ferien.

Auch der Ludo-Hartmann-Hof stärkt sich gerne im Mamamon. Sollte einmal ein Betrieb des Jahres unter den 5000 Geschäftslokalen gesucht werden, die in Gemeindebauten untergebracht sind, würden die meisten Gäste nicht lange überlegen. Die Sympathie beruht auf Gegenseitigkeit. Piano will mit ihrem Jan und ihre Tochter in Wien bleiben. Was sie vermisst? Manchmal den Lärm und die Geschäftigkeit thailändischer Straßen. Was ihr gefällt? Dass es so still ist in dieser Stadt.

1090

DIE FANTASY-AUTORIN

auf der 12er-Stiege

Barbara Büchner war für die »Arbeiterzeitung« tätig, ehe sie sich dem Fantastischen im Freud-Hof widmete.

Jetzt ist schon wieder was passiert. Mit dem berühmten Satz des Schriftstellers Wolf Haas beginnen nicht nur Kriminalromane, er passt auch gut zu vielen Tagen im Leben der Barbara Büchner. Den Tag zum Beispiel, an dem sie ihre kleine Gemeindewohnung im Sigmund-Freud-Hof bezog, wird sie nie vergessen. Es war der 1. Mai 1981. Der Stadtrat Heinz Nittel starb unter den Schüssen eines Attentäters, und der Maiaufmarsch geriet zur Trauerkundgebung.

Eigentlich zog sie damals in den Gemeindebau, um nach ihrer Scheidung ein wenig Ruhe zu finden. Doch das Erste, was sie hörte, war ein »Aaaaaachtung, Zug fährt ab!«. Ihre Wohnung schaut auf den Franz-Josefs-Bahnhof. Der Zugbetrieb dort wird mittlerweile von einem Kokon aus Stahlbeton und Glas gedämpft. Egal, die ehemalige Journalistin und stets beschäftigte Autorin hört schon lange nicht mehr auf den Bahnhof: »Ich blende alle Störgeräusche einfach aus.«

Es ist aber auch so nicht besonders laut in ihrer 37-Quadratmeter-Wohnung, die anders ist als andere Wohnungen. Die kleine Wohnküche und das nicht viel größere Schlafzimmer hat sie zu einer Art Atelier ausgebaut. Die Trennwand wurde zur Hälfte abgetragen. Das Mauerstück, das noch steht, beherbergt die Schreibnische. Dort steht ein moderner Apple-Computer mit ergonomischer Tastatur, die verhindern soll, dass sich der Schreibfluss auf die Sehnen schlägt.

In dieser Ecke passiert immer etwas. Die Autorin ersann dort hunderte Morde, und an die 200 Geistergestalten erblickten hier das Bildschirmlicht. Figuren sonder Zahl wurden erfunden und wieder ausgemustert. Manchmal beginnen sie ein Eigenleben und rauben Büchner den Atem. Sie zicken, laufen durcheinander, wollen umbesetzt werden: »Nein, den heirate ich auf keinen Fall!« Schriftsteller, heißt es in ihrem Fantasy-Thriller »Der Sündenfresser«, sind keine Lügner, sondern Fantasten.

Büchner schreibt Kriminalromane, Schauergeschichten oder Kombinationen aus beidem, und das unaufhörlich seit 60 Jahren. Mit sieben Jahren hat sie ihr erstes Buch verfasst. Der Text war sieben Seiten lang und, mehr war damals schreibtechnisch nicht machbar, in Blockbuchstaben geschrieben. »Alles außer Schreiben ist eine Unterbrechung«, sagt der Science-Fiction-Autor Isaac Asimov. Es ist Barbara Büchners Leitspruch.

70 Bücher drängen sich zusammen mit Dutzenden Übersetzungen in einer mannshohen Vitrine in der Ecke ihres Wohnschlafzimmers. Und neben diesen Büchner-Büchern beanspruchen auch noch all die anderen Bücher Platz. Viele davon haben mit Verbrechen, Psychologie und übernatürlichen Phänomenen zu tun.

Lobend erwähnt sie den britischen Neurologen und Schriftsteller Oliver Sacks, der sie immer wieder inspiriert hat, weil er die wundersame Welt der Halluzinationen, Visionen und Erscheinungen, die Büchner beschäftigen, so eingängig auf die vage Elektrizität des Menschenhirns zurückführen kann. Eine bibliophile Existenz in einer Kleinwohnung auszuleben ist gar nicht so einfach. Irgendwann musste ein eBook-Reader her. Nun kann die Autorin ungehemmt ihrer Leselust frönen, ohne die Statik des Hauses herauszufordern.

Büchner ist ausgebildete Dokumentarin und weiß sehr gut, wie man Informationen beschafft, erschließt und ordnet. Bei einigen Aufenthalten in England und Irland perfektionierte sie die englische Sprache so weit, dass sie auch als Übersetzerin arbeiten konnte. Auf den Inseln war sie, erinnert sie sich, mit ihrem Wienerisch gefärbten Englisch durchaus auch eine stete Quelle der Unterhaltung.

Begonnen hat Büchner ihre Schriftstellerkarriere aber mit Jugendliteratur. Im Jahr 1977 wurde ihr der »Österreichische Staatspreis für journalistische Leistungen im Interesse der Jugend« verliehen. Irgendwann war ihr die literarische Pädagogik aber zu langweilig, und sie beschloss, vom Horror zu leben. Ihre literarischen Vorbilder sind Edgar Allan Poe, H. P. Lovecraft, Arthur Conan Doyle und Dino Buzzatti, ein italienischer Journalist mit Hang zum Surrealismus, der im 20. Jahrhundert lebte und wie sie Schriftsteller wurde.

Selbst sieht sich Büchner in der Tradition der Gothic Novel, jener Schauerliteratur, die in England in der Mitte des 18. Jahrhunderts entstand und ihren Höhepunkt in Büchern wie Mary Shelleys *Frankenstein* fand. Als sie zum ersten Mal den großen

Boris Karloff in der Rolle des Monsters sah, war sie begeistert: »Ich hätte allerdings, wenn ich schon ein Kunstwesen erschaffe, zunächst einen kleineren Prototyp hergestellt.« Sie schreibt auch die Geschichten bekannter Helden der Kriminalliteratur weiter: In *Sherlock Holmes und der Höllenbischof* zum Beispiel droht sich der Meisterdetektiv unter dem Einfluss dunkler Mächte in einen Zombie zu verwandeln.

17 Jahre lang arbeitete Barbara Büchner für die Wochenendbeilage der *Arbeiterzeitung*. Man hielt sie für hartgesotten und übertrug ihr gerne Themen, vor denen sich die Kollegen drückten. Sie hat die schweren Fälle stets übernommen und ist dabei auch nur zweimal in Ohnmacht gefallen, wie sie betont. Einmal im Sicherheitsbüro, als der jungen Reporterin Grauen erregende Tatortfotos einfach zu viel wurden. Und dann noch einmal während einer Recherche über eine Dialysestation. Der Blutgeruch! Die Hitze!

Schöne Erinnerungen an ihre Reporterzeit gibt es natürlich auch: Im Rabenhof hat sie noch eine Mieterin der ersten Stunde interviewt. Sie weiß noch, was die Dame ihr erzählte: »Sie können sich gar nicht vorstellen, was das für eine Freude war, hier einzuziehen: So hell, so sauber!«

Und wie steht es um die MieterInnen der Gegenwart, in ihrem Haus im Freud-Hof? »Unsere Stiege ist international wie die UNO«, erklärt Frau Büchner. Und dann: »Könnten Sie vielleicht ein kleines, liebes Wort einfügen, dass die UNO hier sich sehr gut verträgt und die vielen Völkerschaften friedlich zusammenleben?« Hiermit geschehen.

Die Autorin hat allerdings auch kritische Anmerkungen zum Gemeindebau. So manches Renovierungsprojekt findet sie nicht gut durchdacht. In der Wohnung oben, die aus zwei Kleinwohnungen zusammengelegt wurde, wohnt eine afghanische Familie. Wiener Wohnen hat, möglicherweise in guter Absicht den neuesten Wohntrends folgend, bei der Renovierung nur eine winzige Küche eingebaut, bemerkt Frau Büchner: »Jetzt weiß die arme Frau nicht, wie sie ihre Kinder bekochen soll.« Dafür freut sich Büchner über gut-nachbarschaftliche Beziehungen: Zum Ramadan-Ende hat ihr die Afghanin Kekse gebracht, dafür klopfte Büchner zu Weihnachten mit einem Christstollen in der Hand an.

Draußen im reizenden Innenhof fühlen sich manchmal ältere MieterInnen in ihrer Ruhe gestört, wenn jüngere lebhaft die lauen Abende in die Feier einer langen Sommernacht übergehen lassen. Ansonsten aber, meint Frau Büchner, wohnt es sich gut hier. Was sie empört, ist der Leerstand: »Manche Mieter ziehen aus und behalten die billige Wohnung als Reserve zurück, während andere Menschen sie gut brauchen könnten.«

Ihre eigene Annäherung an den Gemeindebau, erinnert sich Büchner, war auch nicht ganz einfach. Zu Beginn der 1980er-Jahre gab es den Feminismus zwar schon als Theorie, aber auf vielen Gebieten noch nicht als Praxis. Man brauchte zum Beispiel, um als noch verheiratete Frau alleine in einen Gemeindebau zu ziehen, eine Erlaubnis des Ehegatten.

»Johanna Dohnal hat sich darüber sehr geärgert«, erzählt die Zeitzeugin. Die legendäre Frauenministerin half ihr schließlich, die Hürde zu nehmen.

Hinter der Tastatur in der Schreibecke lugt eine Plüschratte hervor. Frau Büchner mag Ratten. »Als Autorin von dark fantasys hat man natürlich eine besondere Affinität zu Viecherln wie schwarzen Hunden, glühäugigen Katzen, Wölfen und – vor allem – Ratten«, schreibt die Autorin auf ihrer Homepage. Eine Art hat es ihr besonders angetan: Die Riesenhamsterratten, auch »Heldenratten« genannt. Zuverlässig erschnüffeln sie TBC aus Laborproben, und sie können auch Landminen aufspüren.

Früher einmal hat sie ein ganzes Rudel in einem offenen Käfig bei sich beherbergt. Bis die abenteuerlustigen Tiere ein Loch unter der Toilette frei nagten und dort ihr Hauptquartier errichteten. Am Ende stürzte die Toilette um. Danach verlegte sich Frau Büchner auf ein pflegeleichteres Haustier. Eine freundliche Hündin lebt an ihrer Seite, Julchen. »Sie ist mein Bodyguard, meine Gesellschafterin, meine Alleinunterhalterin, meine Nierenwärmerin.« Und als ihre Fitnesstrainerin achtet sie auch darauf, dass Frau Büchner täglich spazieren geht. Gassi gehen ist eine der wenigen Unterbrechungen, die sie sich gefallen lässt.

1090

DER QUER-EINSTEIGER

auf der 1er-Stiege

Jan Chlebovec wurde von der Straße gehoben und in der VinziRast behutsam ins Leben zurückgeführt.

»Ein Mal Orientalisches Gemüse-Ghorma mit Melanzani, Zucchini und Bulgur, ein Mal Marokkanisches Tajine mit Trockenfrüchten und Couscous und zwei Mal Tsatsiki mit Minze und Olivenöl.« Der unaufdringliche Kellner im Café-Restaurant der VinziRast an der Währinger Straße wiederholt die Bestellung, dann entfernt er sich mit einem »Sehr gerne« schnellen Schrittes in Richtung Küche. Sofort erkennbar: Er kann Gastgewerbe. Dass er noch am Vormittag mit Schmerzen beim Zahnarzt saß, bekommen die Gäste nicht mit.

Jan Chlebovec, Kellner im »mittendrin«, ist heute wieder mitten drinnen im Leben. »Dafür werde ich den Leuten von der VinziRast immer dankbar sein«, sagt der 37-jährige Slowake. »Sie haben mich selbst in meinen schlimmsten Stunden nie fallen gelassen.« Man sieht ihm das nicht mehr an, aber er hat Wien vor vier Jahren von ganz unten kennengelernt. Dass er einer geregelten Arbeit nachgeht und im nahe gelegenen Lichtental in einem Gemeindebau wohnt, ist eine jener schönen Storys, die sich in dieser Stadt auch zutragen.

Weil heute Abend im »mittendrin« nicht viel los ist und sein Kollege und eine junge ehrenamtliche Mitarbeiterin alles im Griff haben, kann Chlebovec in Ruhe seine Geschichte erzählen, die im Sommer des Vorjahrs zu einem Happy End fand: »Der Moment, als ich zum ersten Mal die Tür hinter mir zugemacht habe und alleine in meiner Wohnung war, dieser Moment war großartig.« Eine Zeitlang hat es in seinem Leben so ausgesehen, als würde er nie wieder auf die Beine kommen. Aber beginnen wir von vorne, in seiner Kindheit.

»Ich bin in einem Dorf in der Hohen Tatra aufgewachsen«, erzählt der Wieder-Einsteiger. »Mein Vater hat als Buschauffeur gearbeitet, meine Mutter in der Chemiefabrik, so wie die meisten in unserem Dorf.« Auch er wollte Chemiker werden. Was in der alten Welt absolut Sinn machte, nach dem Fall des Eisernen Vorhangs aber nicht mehr so gefragt war. In seiner Erinnerung war das so: Die Hälfte der BewohnerInnen im Dorf verlor ihren Job, weil Umweltschützer und EU auf den Plan traten und gleichzeitig die zuvor gesicherten Absatzmärkte in sich zusammenbrachen.

Seine 20er-Jahre hat der Kellner in Café-Restaurants und Bars arbeitend in Bratislava und Prag verbracht, auch, um sich gründlich ausbilden zu lassen. »Die Hauptstadt«, ist er bis heute überzeugt, »bietet einem mehr berufliche Möglichkeiten«. Apropos: Wien hatte er bis vor vier Jahren nicht auf seiner Rechnung. »Warum auch? Mir ging es gut, ich konnte kein Wort Deutsch, und zum Einkaufen auf die Mariahilfer Straße ist es von Bratislava nicht weit.«

War es der tägliche Ausschank von Alkohol? Waren es falsche FreundInnen? Es ist heute nicht mehr relevant, warum er Anfang 30 abgestürzt ist. Faktum ist, dass er vor vier Jahren versuchte, den Margaretengürtel zu überqueren. »Ich habe mich noch umgedreht und auf der Fahrbahn kein Auto gesehen. Doch leider habe ich die Straßenbahn in meinem Rücken übersehen.« Der Tramfahrer hat noch gebremst, er hat dem Unvorsichtigen dadurch vielleicht das Leben gerettet. Der ging nach dem Zusammenprall mit dem tonnenschweren Kontrahenten zu Boden und langte dort hilflos wie ein Käfer am Tiefpunkt seines Lebens an.

»So komisch das klingt«, sagt Jan Chlebovec, »heute bin ich fast froh über den Unfall.« Er sei in Wien von Anfang an Menschen begegnet, die ihn, den Slowaken, wieder aufgerichtet haben. Da waren zunächst die ÄrztInnen im Donauspital, die »mit goldenen Händen« die gebrochenen Knochen in seinem Kopf operativ behandelt haben. Und da waren mehrere HelferInnen der VinziRast, die ihm nach der Entlassung aus dem Krankenhaus und drei Tagen und drei Nächten auf der Straße ein Bett zuwiesen, dann ihr Ohr liehen. Und die in den ersten Monaten auch nicht aufhörten, an sein Comeback zu glauben. Ihr Klient erinnert sich: »Ich war da schon 33, 34 Jahre alt, war plötzlich in einer fremden Stadt, deren Sprache ich nicht verstand, hatte weder Arbeit noch Freunde und spürte großen psychischen Druck.«

Was lag für ihn näher als zu versuchen, mit Alkohol seine Zukunftsängste wegzuspülen? »Sie haben mir meine Exzesse nie übel genommen, sie haben immer nur gesagt, dass ich mich nicht aufgeben soll.« Und irgendwann kam ihre Botschaft an. Schnell fand er Arbeit in einem Innenstadtcafé. Im täglichen Gespräch mit den Gästen lernte er deren Sprache.

Nach wenigen Wochen in der Notschlafstelle im Corti-Haus in Meidling konnte er ein paar Häuser weiter ziehen, in die Wohngemeinschaft der VinziRast. Auch diese spezielle Form des betreuten Wohnens sei für ihn wichtig gewesen. »Ich habe dort mit sehr netten Jungs gewohnt, und ich bekam auch ein eigenes Zimmer zugewiesen.« Nach zwei Jahren in der WG konnte er den nächsten Schritt setzen: »Da wollte ich als arbeitender Mensch in eine eigene Wohnung ziehen.«

Wieder wohnen dank Wiener Wohnen: Laut einer Sprecherin im Wohnbau-Ressort stellt die Stadt Wien gut 1000 Wohnungen pro Jahr für die sogenannte »soziale Schiene« zur Verfügung. Die Wohnungen werden von Hilfsorganisationen, die im Sozialbereich tätig sind, angemietet. Geht alles gut, kann der Mietvertrag nach einiger Zeit auf die KlientInnen überschrieben werden.

Jan Chlebovec ist auf einem guten Weg. Gegen Mitternacht macht er heute Schluss im »mittendrin«. Dann begibt er sich zu Fuß auf einen zehnminütigen Heimweg. Er verdient sein eigenes Geld, zahlt seine Steuern, freut sich auch über das gute Auskommen mit seinen NachbarInnen. Die Wohnung mit einem großen und einem kleinen Zimmer dient ihm als Refugium. Nach einem Spätdienst im Gastgewerbe kann er hier zur Ruhe kommen.

Er hat nicht vergessen, dass ihm Wien den Weg zurück ins Leben ermöglicht hat. Sagt er zum Abschied. Und er freut sich jedes Mal, wenn seine Eltern aus der Hohen Tatra zu ihm auf Besuch kommen: »Ich glaube, sie sind heute ein bisserl stolz auf mich.«

1100

DIE VORBILD-TURNERIN

auf der 29er-Stiege

Sevgi Aydin zeigt in der »Senfburg« in Favoriten, welche Handlungsspielräume ein Migrationshintergrund bietet.

Die Frau Gerti drückt ihr zur Begrüßung einen dicken Schmatzer auf die Wange. Montag, 9 Uhr, die Eingangstür im »BewohnerInnen-Zentrum« im Karl-Wrba-Hof am Wienerberg steht offen. Sevgi Aydin strahlt, freut sich sichtlich auf die nächste Kursstunde. Die ausgebildete Bewegungsbetreuerin und Gesundheitsbotschafterin hat gemeinsam mit den Wohnpartnern zum Ergometertraining eingeladen. Und wieder einmal sind alle gekommen!

»Sie sind wie eine Familie zu mir«, erzählt die Vorturnerin. Zum Geburtstag überreichen ihr die älteren Damen der Turnriege eine selbstgebackene Torte. Und wenn sie von ihrer Sevgi erzählen, drücken sie dabei immer auch ihre Wertschätzung aus.

Der Karl-Wrba-Hof, den die BewohnerInnen aufgrund seiner Fassadenfarbe und seines großen Fassungsvermögens liebevoll »Senfburg« nennen, hält für uns eine schöne Geschichte parat. Auch wenn diese gar nicht so schön begann.

Noch vor wenigen Jahren hatte Frau Aydin wenig zu lachen: Nach der Hochzeit, der Geburt ihrer beiden Kinder und der Arbeit als Kassiererin in einem Supermarkt quälte sie ein ständiges Drücken im Rücken. So sehr, dass sie oft nicht stehen, gehen oder sitzen konnte, so sehr, dass sie manchmal von unterwegs verzweifelt ihren Mann oder ein Taxi anrufen musste, um sich dann mit Mühe, Not und Schmerzen nach Hause zu schleppen. Endlich daheim angekommen, ließ sie sich vorsichtig ins Bett sinken.

Bandscheibenvorfall! Die Ärzte blickten ernst auf ihre Diagnosebilder und rieten zu einer Operation. Doch da kam die Wende zum Guten. Die Wende verdankt Frau Aydin auch einer türkischen Landsfrau, die bei den Wohnpartnern arbeitet. Sie klopfte eines Tages an ihre Wohnungstür an und lud sie ein, einen Rücken-fit-Kurs »unten im BewohnerInnen-Zentrum« zu besuchen.

Sevgi Aydin hatte in ihrer Schulzeit, die sie in einer Küstenstadt in der Türkei verbrachte, gerne Sport betrieben, vor allem Leichtathletik und Aerobic. Davon konnte sie in jenen schlimmen Stunden nur träumen. Dennoch nahm sie die Einladung an. »Der Schmerz verging nicht von heute auf morgen«, sagt sie heute. Doch er zog sich von Übung zu Übung mehr zurück. Wodurch sie allmählich in ein lebenswertes Leben zurückkehren konnte. Darüber hinaus besuchte sie einen Deutsch-Kurs. Und wenn die Sprachlehrerin einmal ausfiel, sprang sie gerne ein und lernte mit den Anfängerinnen.

Zum Aufwärmen dreht die Kursleiterin mit ihren gut gelaunten, gut trainierten Damen langsame Runden; dann bewegen sich auch Hüften und Arme. Alle folgen ohne Murren den Anweisungen.

Aydins Akzeptanz im Kursraum ist groß, und der Spaß kommt auch nicht zu kurz. Was erwähnt werden soll. Denn zum einen gelingt hier die viel beschworene Integration in Reinkultur. Und zum anderen kann sich die Jüngste auf dem glatten Parkett der Generationen gut behaupten. Mit ihren 47 Jahren ginge sie gut und gerne als Tochter der munteren Damenriege aus der Nachbarschaft durch. Die meisten Turnerinnen sind bereits seit Längerem im wohlverdienten Ruhestand.

»Ich sehe mich hier wie eine Brücke«, sagt Sevgi Aydin, bevor sie zu den Ergometern, vulgo Zimmerfahrrädern bittet. Menschen wie die Frau Gerti oder ihre Landsfrau bei den Wohnpartnern und nicht zuletzt ihr Mann haben sie ermutigt, sich bei der Sportorganisation ASKÖ zur Bewegungsbetreuerin ausbilden zu lassen. Und sie haben ihr auch dann Mut zugesprochen, als sie meinte, dass sie die Prüfungen niemals schaffen werde.

Dabei sind ihrem Elan offenbar keine Grenzen gesetzt. Ihr Engagement geht inzwischen über den Turnsaal weit hinaus. Einmal führt sie ihre Nachbarschaft beim Nordic Walking an, dann hilft sie im Frauengesundheitszentrum FEM Süd aus oder auch in einem benachbarten Gemeindebau. Als Gesundheitsbotschafterin konnte sie auch schon so manchen Nachbarn und so manche Nachbarin zum Mittun motivieren.

Ernst nimmt sie auch ihre anderen ehrenamtlichen Tätigkeiten. Dank ihrer Mithilfe gelingt es im Karl-Wrba-Hof, Familien mit behinderten Kindern aus der Isolation der eigenen vier Wände zu holen. »Wir organisieren regelmäßig Veranstaltungen gemeinsam mit ihnen«, so Frau Aydin. Die Erfahrung, mit netten Menschen

Tür an Tür zu wohnen, würde Betroffenen ebenso wie Angehörigen ein Lächeln ins Gesicht zaubern.

Außerdem engagiert sich die Hilfsbereite im Rahmen der Aktion »Willkommen, Nachbar«. Diese wurde von den Wohnpartnern ins Leben gerufen, um jene, die eben erst in die »Senfburg« eingezogen sind, in die bestehende Wohngemeinschaft zu integrieren. Die Vorstellung, dass Frau Aydin auch diese Aufgabe gut meistert, fällt nach all dem Gesagten nicht sehr schwer.

Ihr sportliches und soziales Engagement kann sich sehen lassen: Die vielbeschäftigte Frau ist heute topfit. Es plagen sie weder Rückenschmerzen noch Übergewicht, Diabetes oder Bluthochdruck. »Mein Mann und meine Kinder sind stolz auf mich«, erklärt Sevgi Aydin. Ihr Mann, ihr Sohn und ihre Tochter, beide schon erwachsen, nicken beim gemeinsamen Gespräch nach der Turnstunde.

Die Anerkennung spornt sie weiter an. Sie möchte weitere Ausbildungen absolvieren. Sie möchte auch gerne noch mehr Vorbild für ihre Landsleute sein. Denn die Vergleichsstudien sind nicht von der Hand zu weisen: MigrantInnen leiden deutlich öfter an chronischen Krankheiten. Die ehemalige Supermarktkassiererin kann bei ihren Motivationsversuchen auch mit ihren eigenen Erfahrungen argumentieren: »Es ist wichtig, den ersten Schritt zu setzen. Der Rest ergibt sich dann meist von von selbst.«

Sie selbst hat mehrere Schritte gesetzt. Jetzt wäre es an der Zeit, dass man in dieser Stadt ihr Potenzial ordentlich wertschätzt. So viel hat sie bisher ehrenamtlich gedient, ohne dabei einen Cent zu verdienen. Eher früher als später sollte sie fair entlohnt werden.

1130

DIE EHREN-AMTLICHE

im 50er-Haus

Roswitha Eisner hat ein geschultes Auge für Zahlen, auch in Sachen Spechte sah sie alles richtig voraus.

Wir hatten ja keine Ahnung. Sie ist auch Politikerin! Betont hat sie das nicht gerade beim Interview in ihrer Wohnung oben am Roten Berg. Sie hat es beiläufig erwähnt in einer Aufzählung, die als Antwort auf die Frage kam: »Und was machen Sie sonst noch so?« Das ist, noch dazu, wenn man in Hietzing zu Hause ist, ein wenig unösterreichisch, gnädige Frau, mit Verlaub, dass einem Ämter und Titel so ostentativ egal sind.

Unser Besuch galt also nicht der SPÖ-Bezirksrätin, die wir noch gar nicht kannten. Auch nicht der Vorsitzenden der Hietzinger SPÖ-Frauen, von der wir nichts wussten. Wir hatten lediglich von einer engagierten Mieterbeirätin tief im Villenviertel gehört, die dort, wo Wien in Wald übergeht, in einem einsamen Gemeindebau am Rande der bewohnten Welt leben soll. So kamen wir auf Roswitha Eisner.

Die Anreise glich mehr einem Ausflug. Mit der U-Bahn nach Ober St. Veit, und dann fährt der 54B gemächlich den Roten Berg hoch, zur gleichnamigen Wohnhausanlage. Im Jahr 1949 wurde das Ensemble zweigeschossiger Häuser aus dem Boden gestampft, billig und schnell, »aus Ziegel und Schlacken«, erzählt Frau Eisner. Die Anlage beherbergt etwa 100 Wohnungen. Es gibt keine Aufzüge, nur schmale Stiegen. Die Häuser standen einst ziemlich allein auf weiter Flur, was in diesem Fall keine pittoreske Metapher, sondern eine sachliche Beschreibung ist. 70 Jahre später gibt es immer noch viel Grün, die Lage mit idyllisch zu beschreiben erscheint somit landschaftlich korrekt. Gleich gegenüber der Wohnhausanlage liegt der grüne Gipfel des immerhin 262 Meter hohen Roten Bergs. Der Name hat keinen politischen Ursprung, das Erdreich legte ihn nahe, wegen des Eisenoxids schimmert es rötlich.

Roswitha Eisner hat nicht immer am Roten Berg gewohnt, ja nicht einmal in Wien. Das merkt man nicht zuletzt an ihrer Neigung, grammatikalisch korrekte Sätze zu bilden. Sie benutzt zwar wienerische Ausdrücke und schenkt ein »Glaserl Wasser« ein, aber sie verzichtet auf den Einsatz jener Weichteile des Sprechapparats, die den typischen Sound of Gemeindebau hervorbringen. Sie hat deutschen Migrationshintergrund. Sie ist aus dem Ruhrpott eingewandert. Ein Wiener lockte sie aus Essen auf den Roten Berg, wo sie seit 1974 wohnt.

Die gelernte Kauffrau im Groß- und Außenhandel arbeitete lange Zeit als Kostenrechnerin und Finanzbuchhalterin. Ihr für Zahlen und Fakten bestens geschulte Auge kommt ihr heute noch zugute, wenn sie etwa die rätselhaften Jahresabrechnungen von Wiener Wohnen studiert. Derzeit analysiert sie die Wasserrechnung, die ihr ungebührlich hoch ausgefallen erscheint.

Eisners Wohnung ist in der Siedlung mit 71 Quadratmetern guter Durchschnitt und umfasst Wohnzimmer, Schlafzimmer, Kabinett, Küche, Bad. Wie viele andere MieterInnen in der Anlage sanierten auch die Eisners auf eigene Kosten, ließen Heizung und Bad einbauen. »Jetzt, im Alter, lohnt sich die Investition. Wir zahlen Mietzins für die Kategorie C, wohnen aber in Kategorie A.« Ihr Mann ist mittlerweile verstorben, die zwei Söhne sind schon länger ausgezogen.

Es ist der wahrscheinlich ruhigste Gemeindebau von Wien da oben am Roten Berg. Nur die Vögel sorgen zwitschernd für ein wenig Geräuschkulisse. Früher gab es einen Konsum in der Siedlung, doch der ist verschwunden. Die Fluchtwege aus der Idylle zum nächsten Geschäft oder Gasthaus sind relativ lang. Das schreckt manchmal Interessenten ab. Man muss sich selbst unterhalten. Die Kinder schaffen das spielend, der Wald ist nicht weit, die Wiese ist groß, es gibt Spielplätze und im Winter sogar Abfahrtspisten.

Allerdings ist der Andrang überschaubar: Frau Eisner zählt zwanzig Kinder in der Anlage. Wo früher der Nachwuchs in Massen wuselte, gibt es heute einen deutlichen Überhang in der Alterskategorie 50 plus. Und die ist manchmal empfindlich: »Wir haben in unserem Teil der Siedlung kein Problem, weil wir tolerant sind«, sagt Frau Eisner. »Es gibt aber Wohnbereiche, dort wohnen andere Menschen, für die ist jedes Kinderlachen eine Herausforderung.« Wie überall gibt es auch am Roten Berg Leute, die sich über alles aufregen.

Warum tut sie sich das an, wieso ist sie vor dreißig Jahren Mieterbeirätin geworden? Engagiert hat sie sich immer, sagt sie.

Schon in der Schule als Elternvertreterin. Und dann sollte plötzlich die Siedlung am Roten Berg saniert werden. Darum musste sich doch jemand kümmern. Bei der Mieterversammlung zeigte sie auf und wurde gewählt. Es gibt keinen Wahlkampf auf Mieterversammlungen. Man ist im Grunde froh, dass der Kelch an einem vorübergeht. Doch ein Komitee musste einfach gebildet werden, als Ansprechpartner für Wiener Wohnen. Frau Eisner fiel die Aufgabe zu, die Bauausführung zu kontrollieren.

War das eine Freude für die Herren vom Bau! Eine Hausfrau! Und die kam den Herren auch noch mit einem Vogel, nämlich dem Specht. Spechte, sagte Frau Eisner, denn sie hatte es bei einer Sanierung in der Nähe genau beobachtet, Spechte sind eine gewisse Gefahr für jene Styroporplatten, aus denen die Wärmeschutz-Fassade gebildet werden sollte. Die Reaktion der Herren vom Bau: ein schallendes Haha. »Wissen Sie«, erklärte ihr ein Diplomingenieur, und wir dürfen ihn uns prustend vorstellen, »bevor der Specht ein Loch in die Fassade klopft, hat er einen verbogenen Schnabel.« Sein ornithologisches Fachwissen hatte er da allerdings bei weitem überschätzt.

Die Styropor-Platten wurden also eilig hochgezogen, und bald schauten die Häuser aus wie eine Hommage an die Käsesorte Emmentaler. Die Spechte hielten Frau Eisners Versprechen und klopften Loch um Loch in die Fassade. Das tun sie bis heute. Die Sanierung der Sanierung hat dann die Firma eine Stange Geld gekostet. Es ist noch nicht lange her, da löste sich auch noch die Wärmedämmung von den Hauswänden und musste provisorisch mit Dübeln befestigt werden. Die Häuser sehen deshalb stellenweise ein wenig vernagelt aus. »So toll wurde gearbeitet, und so unwissend sind die Frauen«, lächelt Frau Eisner.

Aber irgendetwas muss ihr an dem Job gefallen haben, sonst hätte sie ihn doch an einen der Dübel gehängt? Ja, durchaus. Es war die Neugier. »Man lernt viel, und man lernt viele Leute kennen.« Ihr wohlerworbenes Fachwissen nützt ihr heute im Bauausschuss des Bezirkes, auch im Finanz- und im Mobilitätsausschuss.

Eine der Sorgen von Frau Eisner und den drei anderen Mieterbeiräten sind die verschärften feuerpolizeilichen Bestimmungen. Sie richten sich selbst gegen abseitig und ungefährlich aufgestellte Blumentöpfe oder gegen die Freizeit-Utensilien, die in abgelegen Nischen in Kellergängen gelagert werden. Das muss bitte alles weg, besagt die Kurzfassung von Vorschrift ist Vorschrift.

»Daraufhin«, erzählt Frau Eisner, »bin ich ein bisserl narrisch geworden: Sie propagieren, Flächen für ein schönes Miteinander zu nutzen. Man soll gestalten, man soll Feste feiern, man soll Spaß haben, ja?« Ihre Beschwerdemail landete auf dem Laptop des Herrn Wohnbaustadtrats, und der bekam auch zu lesen: »Will man also das bisschen Gemeinschaft, das es noch gibt, mit sinnlosen Vorschriften zerstören?« Will man natürlich nicht. Trotzdem müssen die Nischen Türen bekommen, obwohl sie findet, dass das überflüssig ist. Und die Blumentöpfe dürfen auf keinen Fall sein, aber wenigstens die Beete, die die BewohnerInnen in Eigenregie angelegt haben, dürfen bleiben. Immerhin.

Der Rest der Grünanlagen wird von Firmen betreut. Die rücken aber, sagt Frau Eisner, gerne mit schwerstem Gerät an, devastieren damit so manche Pflanze und pflanzen dann Bäume an Stellen, wo niemand aus der indigenen Bevölkerung des Gemeindebaus je einen Baum aufstellen würde. Unter anderem auch deshalb, weil kein Sonnenstrahl hinkommt. Es gibt also weiterhin viel zu tun für die Mieterbeirätin.

Zu den erholsamen Aspekten ihres Jobs gehören die Feste, die sie zusammen mit MitstreiterInnen organisiert. Wie etwa die legendäre 50-Jahr-Feier. Das war ein kleines Stadtfest mit Musik, Sport, Kultur und kulinarischer Rundumversorgung, alles in Eigenregie auf die Beine gestellt. Ehemalige BewohnerInnen kamen von weit her auf den Roten Berg zurück. Eine Zeitung wurde gedruckt, zur Erinnerung. Sie enthält schöne Beiträge der BewohnerInnen: Erzählungen, Interviews, Gedichte. An so einem Tag, in so einem Moment ist ein Gemeindebau doch etwas mehr als ein Aufbewahrungsort für Menschen, die sich von der Arbeit regenerieren. Auch der ehemaligen NachbarInnen wurde gedacht, an sie erinnerte eine Fotowand.

Feste gab es seitdem immer wieder. Für Frau Eisner sind Feste auch dazu da, um die alten und neuen MieterInnen miteinander bekannt zu machen. »Alleine kann man gar nichts machen.« Man lernt sich kennen, und wenn schon nicht lieben, dann zumindest achten. Zwischen Familien mit migrantischem Hintergrund und genuinen ÖsterreicherInnen gibt es kaum Probleme. Und auch der eine oder andere Streit konnte festlich entschärft werden.

1140

DER STADT-SOZIOLOGE

auf der 4er-Stiege

Karl Czasny sieht in der Wohnung seiner Eltern durch die Fenster ins reale Leben, was auch der Forschung dient.

Wenn Karl Czasny zu seinem Schreibtisch im Wohnzimmer tritt, kann er durch das Fenster das Ende eines Wiener Niemandslandes betrachten: Der Soziologe befindet sich in Pension, aber nicht im Ruhestand, wohnt in einem Zwickel im Westen von Penzing. Der Zwickel wird von den Westbahn-Gleisen und dem Wien-Fluss eingegrenzt. Eingrenzung bzw. Ausgrenzung – das ist ein Generalthema, das sich wie ein roter Faden durch seine Stadtbetrachtungen zieht.

»Meine Großeltern waren die ersten MieterInnen in dieser Wohnung«, sagt Czasny stolz. Der Opa und die Oma, überzeugte SozialdemokratInnen, waren in den burgförmigen Gemeindebau bald nach der Eröffnung im Jahr 1928 eingezogen, sein Vater war da gerade einmal drei Jahre alt. Wie für viele andere Wiener Familien jener Zeit verbesserte der Umzug die Wohn- und Lebenssituation: Raus aus dem engen, dunklen, feuchten Gründerzeit-Loch, rein in die 53 Quadratmeter große Neubau-Immobilie mit eigenem Wasseranschluss, WC und ausgeklügelter Raumaufteilung.

Vom Fenster kann der Vertreter einer Penzinger Gemeindebau-Dynastie seine Schule auf der anderen Seite der Straße sehen. Während seiner Schulzeit hieß sie Goethe-Realschule, heute heißt sie Goethe-Gymnasium. »Die Schnittmenge zwischen Goethe und Gemeindebau war generell sehr klein«, weiß Czasny aus eigener Erfahrung. Er habe deshalb seinen besten Freund von der 9er-Stiege früh aus den Augen verloren. Die »Aufstiegsorientierung« seiner Eltern hat dem Czasny-Buam den Weg zu einem sozialwissenschaftlichen Studium geebnet, während der Freund standesgemäß in die Hauptschule entsandt wurde. »Lange war ich das einzige Kind aus unserem Bau, das ins Gymnasium gehen durfte.«

Doch auch für ihn, den Ausnahmeschüler, eröffnete sich schnell: die Allgemeine Höhere Schule ist eine Plattform, die soziale Ungleichheit weiter verfestigt: »Mir ist nicht entgangen, dass sich die LehrerInnen den feinen Leuten gegenüber anders verhielten.« Die feinen Unterschiede waren zum Teil unterschwellig, zum Teil offensichtlich: Zeigten die Kinder aus den bürgerlichen Familien Lerndefizite, wurde ihnen Nachhilfe empfohlen. Half die Nachhilfe nichts, durften sie die Klasse wiederholen. Half auch das Sitzenbleiben nichts, durften sie von der Goethe- in eine andere höhere Schule wechseln. »Irgendwie hievte man sie schon zur Matura.« Bei den Schülern aus den Arbeiterfamilien wurde kurzer Prozess gemacht: Waren ihre Noten schlecht, schickte man sie unverzüglich von der Unterstufe in die Hauptschule oder von der Oberstufe in eine Lehre.

An seinem Schreibtisch schreibt, liest, komponiert und malt Karl Czasny. Der 68-jährige Wiener pendelt bald die Hälfte seines Lebens zwischen seinem Hof in Wien und dem Gehöft seiner Frau in Oberösterreich. Zuletzt hat er wieder einmal geschrieben. »Der Fluss war die Grenze«, notiert Karl Czasny in seinem neuen Buch *Leben in Wien.* Da war sie wieder, die Grenze.

Auf der anderen Seite des Flusses wohnten die Bürgerlichen des 13. Bezirks, gut von den kleinen Leuten des 14. Bezirks abgeschirmt: Die vier Fahrbahnen der Westausfahrt bzw. Westeinfahrt und die beiden Schienenstränge der Stadt- bzw. U-Bahn können als gebaute Grenze betrachtet werden. Der von Menschenhand gezähmte Wien-Fluss erwies sich auch als eine mentale Grenze. Drüben in Hietzing kauften die feinen Leute ihre Lebensmittel beim Meinl, hier in Penzing gingen der standesbewusste Czasny-Opa und seine Frau zum Konsum. Dass die Lebensmittellieferanten der Klassenfeinde inzwischen von der Bildfläche verschwunden sind, ist eine andere Geschichte.

Den Wert einer Gemeindebauwohnung konnte Czasny schon als Kind gut einschätzen: »Aber das ist kein Wunder, ich bin ja in einem sozialdemokratischen Umfeld aufgewachsen.« Mit einem Schmunzeln erzählt er, dass er die Altbauwohnungen seiner Schulfreunde auf der Penzinger Straße als bedrückend erlebt hat: »Die wirkten auf mich bedrohlich hoch, und ihre Kaukasisch-Nuss-Möbel waren viel zu dunkel. Da gab es bei uns zu Hause dank der vielen Fenster und auch der sw-Möbel viel mehr Licht.«

sw-Möbel? Ab dem Jahr 1954 wurden sie auf Initiative des Vereins »Soziale Wohnkultur« in großer Stückzahl produziert.

Dank eines Risikofonds, der von der Gemeinde Wien, dem ÖGB und der Arbeiterbank (Vorgängerin der BAWAG) gespeist wurde, konnten sie kostengünstig erworben werden.

Von Kindesbeinen an war Karl Czasny ein teilnehmender Beobachter. Das ist auch der Grund, warum er als Soziologe aus einem großen Becken persönlicher Erfahrungen schöpfen kann. Eindrucksvoll schildert er etwa, wie den BewohnerInnen seines Gemeindebaus das politische Wir-Gefühl abhandenkam. In einem längeren Prozess, der auch von globalen Entwicklungen beeinflusst wurde: Anfangs waren alle froh, in eine neue Wohnung ziehen zu dürfen. Es gab für sie auch einen gemeinsamen Feind, der wohnte außerhalb der Wohnburg und bedrohte ihren sozialen Aufstieg.

Nach dem Arbeiteraufstand im Februar 1934, im Zuge dessen es auch in Czasnys Hof zu Kampfhandlungen und Verhaftungen kam, musste das »Bauvolk der kommenden Welt« viele Hoffnungen begraben. Der nationalsozialistische Terror tat sein Übriges. Der Kampf für eine gerechtere Welt und nicht zuletzt für den persönlichen Aufstieg wurde nach Kriegsende an die Partei und die Gewerkschaft delegiert. Die VertreterInnen der Arbeiterschaft halfen, wo immer sie konnten. Viele, die damals die SPÖ wählten und mit ihren Mitgliedsbeiträgen unterstützten, bekamen eine neue Wohnung und/oder eine Arbeit.

Der Zeitzeuge beschreibt den »Bedeutungsverlust der Partei« anschaulich anhand des Funktionswandels des Bildungsheimes in seinem Gemeindebau: Wurde dort ursprünglich geschult, gelesen und über den Sieg des Sozialismus debattiert, bot das Haus schon in den 1950er-Jahren anderen Interessen Raum: als Jugendzentrum, als verlängerter Arm des Rundfunks für all jene, die noch kein eigenes TV-Gerät besaßen, als Seniorentreffpunkt. Die SPÖ wurde so zu einer Marginalie, der man schon bald nur mehr einmal im Jahr, am 1. Mai, die gebotene Ehre erwies. Was auf ein Kind des Gemeindebaus eindrucksvoll wirken musste, verlor zunehmend seine Strahlkraft. Auch deshalb, weil sich zum Mai-Aufmarsch Jahr für Jahr weniger NachbarInnen aufraffen konnten. Mit der Renovierung des Hofs und dem Einbau der neuen Kunststofffenster zu Beginn des neuen Jahrhunderts wurde auch die letzte Bekundungsmöglichkeit entfernt: die Halterungen für die roten Fahnen zum Tag der Arbeit.

Czasny selbst zog mit zwanzig von zuhause aus, um in Berlin zu studieren und eine zweite Heimat für sich zu finden. Pendler zwischen zwei Welten, Grenzgänger ist Karl Czasny bis heute geblieben. Nach dem Tod seines Vaters und der Übersiedlung seiner Mutter in ein Pensionistenheim ist der Sozialforscher wieder in die elterliche Wohnung eingezogen. Die Wohnung bietet ihm ein Fenster in eine Lebenswirklichkeit der Stadt, das ihm sonst nicht zur Verfügung stünde. Czasny fand hier unter anderem heraus, wie viele unsichtbare Netzwerke die Gemeinschaft der NachbarInnen aufrechterhält.

Heute weiß er, warum seine Eltern auf die Eltern der schlimmen Kinder hinab blickten, und die Eltern der schlimmen Kinder seine Eltern mit Argwohn beäugten. »Das fiel mir vor allem dann auf, wenn sie wieder einmal schön angezogen das Haus verließen, um eines der schönen Kaffeehäuser auf der anderen Seite des Wien-Flusses zu besuchen.«

Wechselt der Sozialforscher in seiner Wohnung den Standort, geht er vom Wohn- in das ehemalige Schlafzimmer seiner Eltern, kehrt er in die Gegenwart zurück. Er sagt dort zum Fenster, ins Grüne hinaus: »Würde sich dieser wunderbar ruhige, begrünte Hof in Salzburg befinden, würden die dortigen Touristik-Leute wohl von einem Kraftort sprechen.«

Fragt man den Stadtforscher, ob die Stadt wieder mehr Gemeindebauten bauen sollte, nickt er. Was für eine Frage! »Man muss aber auch sehen, dass der Stadtverwaltung vielfach die Hände gebunden sind. Weil es in Österreich noch immer kein Mietgesetz im Sinne der MieterInnen gibt, auch, weil der soziale Wohnbau in der Europäischen Union bedroht ist. Aktuell ist vor allem der Sparzwang für die öffentlichen Haushalte, der von der EU ausgeht, eine Behinderung für ausreichend sozialen Wohnbau.«

Dass er als Akademiker hier die Stellung hält und damit einkommensschwächeren Familien eine günstige Wohnung vorenthält, diesen Vorwurf will Czasny nicht gelten lassen. Wien würde auch deshalb als lebenswerte Stadt bewertet, weil sie noch einigermaßen gut durchmischt ist. Womit wir wieder bei seinem Generalthema wären: Ein- bzw. Ausgrenzung wie in seiner Kindheit oder heute in französischen, amerikanischen oder englischen Städten: »Das ist absolut nicht erstrebenswert.«

1160

DIE WOHNKÜCHEN-PSYCHOLOGIN

auf der 10er-Stiege

Sarah Al-Hashimi versucht »in der Sandleiten«, die Gemütslage ihrer NachbarInnen zu verstehen.

So viele verschlungene Wege, Gassen, Stiegen, Durchgänge, Höfe, so viele unterschiedliche Menschen und Gemütslagen! Das Wesen eines Wiener Gemeindebaus ist nicht ganz leicht zu interpretieren. Das weiß auch die angehende klinische Psychologin Sarah Al-Hashimi. Sie ist eine von 5000 MieterInnen, die in dem weitläufigen Gemeindebaukomplex am Rand von Ottakring wohnen. Man nennt ihn entweder liebe- oder ehrfurchtsvoll »die Sandleiten«. In den späten 1920er-Jahren an den grünen Rand des Arbeiterbezirks gebaut, ist er – wenig bekannt – der größte Gemeindebau aus der Zwischenkriegszeit. Auch ist er mindestens so imposant und architektonisch interessant wie der bekanntere Karl-Marx-Hof in Heiligenstadt.

Seine soziale Struktur hat sich in den vergangenen neunzig Jahren deutlich gewandelt: Waren die ersten MieterInnen in der Zwischenkriegszeit ungefähr gleich alt und ungefähr gleich arm, ist die Sandleiten heute unübersichtlich, inhomogen. Zogen damals Menschen aus allen Teilen der Monarchie ein, wohnen heute hier Menschen aus allen Teilen der Welt Tür an Tür. Wählte damals die Mehrheit jene Partei, die für die kleinen Leute da war, wählt die Mehrheit heute jene Partei, die vorgibt, für die kleinen Leute da zu sein. Das erzeugt Stress: im Allgemeinen ebenso wie in einzelnen Wohnzellen. Manchmal liegen auch die Nerven blank wie schlecht gewartete Stromleitungen. Die es entgegen der gängigen Klischees gar nicht gibt.

Mitten drinnen, gleich neben dem Kindergarten, wohnt die 31-jährige Tochter eines irakischen Taxifahrers und einer zugewanderten Mostviertlerin. Sie ist hier aufgewachsen, spricht die Sprache der Mehrheitsgesellschaft akzentfrei, wird von ihren NachbarInnen freundlich gegrüßt. Mit ihrem offensichtlich nicht-österreichischen Familiennamen dürften jedoch einige ein ernsthaftes Problem haben. Sarah Al-Hashimi kann es sich nicht anders erklären: »Mein Schild auf dem Postkastl wurde mehrfach mit einem Schlüssel zerkratzt. Und an der Eingangstür hängen immer wieder Pro-FPÖ-Zettel.« Seit ihrem Einzug im Jahr 2004 versucht sie, die anonymen Fremdenfeinde zu identifizieren. Bisher ohne Erfolg.

Dass sie ihre Zwei-Zimmer-Wohnung ohne viel Schnickschnack eingerichtet hat, verrät wiederum die Ambivalenz der Psychologiestudentin und Flüchtlingsbetreuerin im Dienste der Caritas. Einiges spricht ja für die Sandleiten: »Im Moment kann ich mir nichts Anderes leisten. Gut ist auch, dass meine Mutter gleich ums Eck wohnt.« Und nach einem Blick aus dem Fenster fügt sie ein weiteres Positivum hinzu: »Dieser Gemeindebau mit all seinen Plätzen, Brunnen und Grünflächen ist aus architektonischer Sicht absolut attraktiv.« Ein weiterer Vorteil sei die Nähe zum Wienerwald: »Wenn ich aus der Stadt komme und aus der Straßenbahn aussteige, ist die Luft gleich viel frischer. Das Schöne hier ist, dass ich nicht weit in die Natur habe. Sie beginnt praktisch vor der Haustür.«

Auf der anderen Seite stört sie die von ihr attestierte »negative Grundstimmung«, die wie ein nicht enden wollender Nebel im November auf die eigene Gemütslage drückt. »Es wird viel hinter dem Rücken getuschelt«, beklagt sich Sarah Al-Hashimi. Sie weiß, wovon sie spricht. Seit ihrem elften Lebensjahr ist sie in der Sandleiten zu Hause, und seit 13 Jahren wohnt sie wie gesagt in ihren eigenen vier Wänden. Zuletzt hat sie sich mit der Stimmung ihrer Nachbarschaft auch beruflich näher auseinandergesetzt. Im Rahmen des Kunst- und Kulturfestivals »SOHO in Ottakring« drehte sie gemeinsam mit ihrem Kollegen Christian Lukacin eine Serie von Video-Clips in der Sandleiten.

Der Titel »So is(s)t Sandleiten« wurde mit Bedacht gewählt, denn die Kurzfilme geben die ungeschminkte Realität wieder: MieterInnen aus drei verschiedenen Kulturkreisen kochen zu Hause ihr Lieblingsgericht. Vor der Kamera, beim Kochen und Wohnen, erlauben sie intime Einblicke in ihre Gemütslage und ihre konkreten Beziehungen zu ihren NachbarInnen.

Wesentliche Erkenntnis der Wohn-Küchen-Psychologin: »Es ist bei Weitem nicht so harmonisch wie gerne behauptet wird.« Ihrer Mutter, die gut beobachten und zuhören kann, stimmt sie zu: »Es gibt bei uns unzählige Kleinkriege.« Die kleinen und großen

Frontlinien verlaufen zwischen den Stiegen und Stockwerken, zwischen den MieterInnen quer durch alle Kulturkreise: Jene, die schon länger hier wohnen, gehen auf Distanz zu jenen, die erst später, jedenfalls nach ihnen eingezogen sind. Auf beiden Seiten regiert die Angst: Angst, die eigenen Gewohnheiten aufgeben zu müssen und die eigene Identität zu verlieren.

Das Szenario ist kein Alleinstellungsmerkmal der Sandleiten: Wenn die Alteingesessenen das Zeitliche segnen, zu ihren Kindern ziehen oder in ein Seniorenheim übersiedeln, werden ihre Wohnungen von jungen Familien mit Kindern und Migrationshintergrund bezogen. Aus gutem Grund: Weil bei ihnen der Raumbedarf gegeben ist. Zu handfesten Konflikten kommt es, wenn die neuen von den alten MieterInnen mit Misstrauen empfangen werden und gleichzeitig die Regeln für gutnachbarschaftliche Beziehungen nicht akzeptieren wollen. »Die deppaden Ausländer«, sagen dann die Alteingesessenen. »Die deppaden Österreicher«, sagen dann die neu Zugezogenen. »Es regiert die Gleichgültigkeit«, schließt wiederum die teilnehmende Beobachterin.

Die Klagen der Alteingesessenen zitiert Sarah Al-Hashimi so: »Früher war alles schöner. Heute kann man nicht mehr in Ruhe im Park sitzen. Ständig kommen die Kopftuchfrauen vorbei. Sie können nicht einmal grüßen.« Dazu gesellt sich ein zutiefst menschliches Motiv, der Neid: »Wir haben nach dem Krieg auch nix gekriegt.« Auffallend viele Altvordere klagen über die lärmenden Kinder im Hof, die es zweifelsfrei gibt, die aber auch nicht lauter spielen als einst die eigenen Kinder. Die Klagen der Zugezogenen klingen dagegen so: »Wir wissen nicht, wie es früher war. Heute haben wir das Gefühl, dass wir hier nicht willkommen sind. Ständig kommen uns griesgrämig dreinschauende Österreicher entgegen, die uns nicht einmal grüßen wollen.«

Die angehende Psychologin spricht in diesem Zusammenhang von »Modell-Lernen«, von einer fatalen Kettenreaktion: weil die, die angeblich immer schon da waren, nicht grüßen, grüßen auch die anderen nicht. Es gibt – anders als vom Verbund der Krawallmedien und der Krawallpolitik behauptet – nur wenige körperliche Attacken; jedoch sind die verbalen Entgleisungen schlimm genug: Tschuschen, Kopftuchweiber, Scheiß-Kanaken, Asylanten, Gutmenschen – der Wiener Dialekt paart sich oft unselig mit der Krawallmacher-Rhetorik.

Die gegenseitigen Schuldzuschreibungen wollen nicht verstummen, so die Beobachterin. Während den »Moslems« kollektiv vorgehalten wird, dass sie sich über die Mietgesetze hinwegsetzen und ihren Müll nicht ordentlich entsorgen, beklagen sich Frauen mit Kopftuch, dass sie von betrunkenen österreichischen Männern angepöbelt werden. Dass die Betrunkenen ihr Bier im kleinen Feinkostgeschäft eines Türken kaufen und vor dem Eingang konsumieren, mag skurril sein, trägt aber auch nicht zum besseren Miteinander bei.

Apropos besseres Miteinander: Die InitiatorInnen der Event-Reihe »SOHO in Ottakring« (siehe Interview im Anhang) und die MitarbeiterInnen der Wohnpartner-Außenstelle am Matteottiplatz haben sich zum Ziel gesetzt, die emotionalen Distanzen zu verringern. Gut gemeinte Akte, die jedoch in den Höfen der Sandleiten schnell zu verpuffen drohen. Weil die Biografien, Werte und

Lebenserfahrungen der heutigen BewohnerInnen derart divergieren, ist ein langer Atem und viel Fingerspitzengefühl erforderlich. Nicht leichter wird die Arbeit durch die schweigende Mehrheit, die sich zu Recht oder zu Unrecht übergangen fühlt.

Wenn die junge Mieterin durch den Hof zu ihrer Mutter geht, wundert sie sich auch über all die Verbotsschilder in den Höfen. Alles verbieten, wenig gestatten: das ist nicht die Welt, in der sie sich zu Hause fühlt. Parallel zum Studium arbeitet Sarah Al-Hashimi als Journalistin, aktuell schreibt sie für das Magazin *biber* und ihren Blog »Die Hashimitin«.

Am Ende gibt die Bewohnerin der Sandleiten offen zu, dass sie vom Ausziehen träumt: »Ich möchte am Wasser leben, ich möchte eine weite Sicht haben.« Gut, das kann dieser Gemeindebau nicht bieten. Doch sie sagt auch den Satz, der den Verantwortlichen in der Stadtverwaltung zu denken geben sollte: »Ich möchte mich in meiner unmittelbaren Wohnumgebung wohl fühlen.«

1190

DER OBERBRAND-MEISTER

aus dem 39er-Haus

Kurt Simon wohnt nicht nur im Gemeindebau. Manchmal führt ihn auch sein Beruf dort hin.

Umfragen sind allgegenwärtig, es gibt sie sogar im Kindergarten: Was willst du werden, wenn du einmal groß bist? Ein Feuerwehrmann, antworten immer noch einigermaßen viele von insgesamt allen Buben.

Kurt Simon war da eine Ausnahme, er träumte nie von der Feuerwehr. Er hat Einzelhandelskaufmann gelernt, war bei der Pensionsversicherung angestellt. »Ich wusste von der Feuerwehr damals nicht viel mehr als die Telefonnummer.« Ein Bekannter half ihm auf die Sprünge, und Simon fand Gefallen an der Aussicht auf einen sicheren und gleichzeitig abwechslungsreichen Job. Es war keine Liebe auf den ersten Blick, die ihn mit der Feuerwehr verband. Es war eher ein pragmatischer Ruf der Vernunft, die ihn die Aufnahmeprüfung absolvieren hieß. Die Leidenschaft kam erst später, aber sie kam. Seit 25 Jahren ist er nun Feuerwehrmann. Die Grundausbildung war hart, die ersten Jahre schwer – vor allem der Schichtdienst, die ständige Alarmbereitschaft. »Man lernt aber alles.«

Sein letzter Einsatz liegt noch nicht lange zurück, als wir uns bei ihm zu Hause treffen: »Person unter U-Bahn«, lautete der sachliche Alarmierungsruf. In der Landstraßer Hauptstraße musste ein übel zugerichteter Schwerverletzter von den Schienen geborgen werden. Selbst dem erfahrenen Oberbrandmeister Kurt Simon gehen solche Einsätze an die Nieren.

Er erholt sich am liebsten daheim, im noblen 19. Bezirk, wo die Gemeinde Wien im Jahr 1961 eine Reihenhaussiedlung errichtete – im Rahmen ihres kommunalen Wohnbauprogramms. Dazu ist zu sagen: Das Rote Wien hat sich in den 1920er-Jahren bewusst gegen den Flachbau und für den großen, wuchtigen »Superblock« entschieden. Doch am Stadtrand entstanden immer wieder auch Siedlungen, die dem Modell der englischen Gartensiedlung folgten: schlichte, schnörkellose Häuser im Grünen.

»Es wohnt sich sehr angenehm bei uns«, sagt Simon. Es ist ruhig, der Wohnkomplex endet in Sackgassen, wo nur die Anrainer und ihr Besuch parken. Die Adresse ist klangvoll: An den langen Lüssen. Die Reihenhäuser haben Keller, Erdgeschoß, Stock, zusammen ungefähr 80 Quadratmeter. »Fassaden und Fenster, Türen, sogar die Dächer, die stellenweise schon sehr desolat waren, sind kürzlich renoviert worden«, schwärmt Simon. Er möchte auf keinen Fall von hier weg.

Die kleine Siedlung ist ideal für Familien, auch Simons Kinder sind dort aufgewachsen. Er hat zwei erwachsene Töchter, seit kurzem ist Simon auch Großvater. Er ist selbst ein Kind des

Gemeindebaus, aufgewachsen in der Grinzinger Allee. Er kann also sagen, dass er seit 51 Jahren im Gemeindebau lebt, so alt ist er nämlich. Aber dort, wo seine Mutter wohnt, hat sich das Leben schon sehr verändert. Die Alteingesessenen sehen die Zuwanderung als Herausforderung. Simon hat auch den Eindruck, dass die Leute heute rücksichtsloser miteinander umgehen als früher. Das hält er aber für ein allgemeines Problem, »das hat nichts mit Ausländern zu tun«. Mitten in der Nacht werden zum Beispiel Waschmaschinen angeworfen. Früher gab es keine Waschmaschinen in den Wohnungen, da ging man in die Waschküche. Während es drinnen bisweilen lauter wird, ist es draußen stiller. »Ich habe eine Superkindheit gehabt«, sagt Simon, und die hat er spielend im Hof verbracht. Im Hof spielen heute nur noch selten Kinder: »Der Hof ist tot.«

Privat ist Simon grundsätzlich außer Dienst, wenn auch nie ganz. Er hat zwar keinen Feuerlöscher im Haus, aber doch zwei Rauchmelder in Betrieb. Einer hängt im Keller, der andere zwischen Erd- und Dachgeschoß. Angeschafft hat er die Dinger wegen der Kinder, man weiß ja nie. Aber auch wenn er keine Kinder gehabt hätte, so eine Alarmglocke für exotherme Reaktionen, wie Feuer wissenschaftlich heißt, hält er auch im privaten Umfeld für eine ganz gute Idee. Seine Nachbarn wissen natürlich, dass er Feuerwehrmann ist. »In unserer Siedlung kennt man sich noch, das ist anders als in den großen Wohnanlagen.« Ob er auch privat ein wenig Feuermann spielt? »Nein, ich mache keinen Pfusch«, sagt er. Aber natürlich erteilt er Auskunft, wenn jemand dieses oder jenes feuerwehrliche Thema anspricht.

Früher war es weit verbreitet, dass Wiener Gemeindebedienstete auch im Gemeindebau wohnten. Man traf auf Straßenbahner-Innen, Magistratsbeamte, PolizistInnen und eben auch Feuerwehrleute. Heute ist die Beziehung der Gemeindebediensteten zum Gemeindebau deutlich lockerer, meint Simon aus eigener Erfahrung: »Wir haben viele Kollegen, die aus dem Burgenland oder Niederösterreich einpendeln. Das gab es früher nicht, man musste als Feuerwehrmann seinen Wohnsitz in Wien haben. Die Wohnsituation unserer Leute ist heute ganz verschieden: Manche leben im Gemeindebau, so wie ich, andere wieder in Genossenschaftswohnungen, in Altbauten oder in Häusern.«

Der Feuerwehrmann bewegt sich geschmeidig, er ist gepflegt, schlank und offensichtlich fit. Auf trainierte, belastbare Körper legt sein Chef, der Direktor, größten Wert. Alle zwei Jahre müssen die Feuerwehrleute zur Gesundenuntersuchung mit angeschlossener Leistungsdiagnostik. Da wird nicht nur Blut abgenommen, sondern auch die körperliche Fitness getestet, das Atemvolumen gemessen und das Herz geprüft. Und wenn kein Einsatz ansteht, wird geübt, geschult, trainiert. Wie man Autos aufschneidet, wie man Verletzte birgt, wie man kleine und große Brände löscht, und dann auch: wie man wo hinkommt. Kurt Simon gehört dem Fahrdienst an. Er muss alle Gassen und Straßen samt Einbahnen und anderer Hindernisse besser kennen als Google Maps, damit er von der Feuerwache Am Hof aus auf direktem Weg zu allen möglichen Einsatzorten fahren kann. Die Leute vom Fahrdienst, die auch für die komplizierte Technik der verschiedenen Feuerwehrfahrzeuge zuständig sind, visualisieren ihre Einsatzfahrten in ihrem jeweiligen

»Ausrückebereich« fast so wie Skifahrer ihre Rennstrecke. Denn der Fahrdienst bringt den Branddienst zum Einsatzort. Die nötigen Informationen kommen vom Nachrichtendienst. Das sind die drei Säulen der Berufsfeuerwehr.

Die Feuerwehrleute, die bei einem Bier im Halbstock auf ihren Einsatz warten und dann über eine Stange zu ihren Feuerwehrautos hinunterrutschen, die gibt es nur mehr in alten amerikanischen Filmen. In Wien sind die Stangen schon lange Geschichte. Die 1800 Wiener Feuerwehrleute laufen in den 24 Brandwachen der Stadt über Stufen den kleinen und großen Katastrophen in voller Montur entgegen. Nachdem der Notruf – ungefähr 100 Mal am Tag wählt jemand die Nummer »122« – entgegengenommen wurde, vergehen tagsüber lediglich 30 Sekunden, bis die Motoren der Löschzüge und Kommandowagen starten. Und selbst mitten in der Nacht dauert es nicht länger als eine Minute. Man kann sich vorstellen, dass das anstrengend ist.

Feuerwehrleute sind Schwerarbeiter und fallen unter das gleichnamige Gesetz. Spätestens mit 60 Jahren ist in der Regel Schluss, dann werden die Atemschutzgeräte, die Schläuche, der Umgang mit Drehleitern und Feuersbrünsten einfach zu schwer, und das Herz mag auch nicht mehr so unbedarft rasen, wenn man von einer Sekunde auf die andere losstürzen muss.

Nach 17 Uhr gilt Bereitschaftsdienst, da können die Feuerwehrleute lesen, plaudern, im Gemeinschaftsraum zusammensitzen, oder auch noch mehr trainieren. Ein gewisser Hang zur Geselligkeit schadet nicht: Weil ein normaler Dienst 24 Stunden lang währt, müssen die KollegInnen lernen, miteinander auszukommen. Das ist auf großen Wachen einfacher als auf kleinen. Am Hof, Simons Arbeitsplatz, verrichten täglich an die 80 Menschen ihren Dienst. Schlafen sie dort auch? »Ein Feuerwehrmann schläft nie«, sagt Simon. »Er ruht.«

Im Gespräch mit einem Feuerwehrmann kommt man leicht vom Hundertsten ins Tausendste. Die Einsatzintensität schwankt zwischen verirrten Enten und Großbränden, weiß Simon. Seine Feuertaufe war übrigens der legendäre Hofburgbrand im Jahr 1992. Statistisch betrachtet gibt es mehr »technische Einsätze« als Brände. Auch das kann er sagen.

Doch ganz am Ende kehren wir wieder zum Generalthema Gemeindebau zurück. Der Mieter erinnert sich an einen Einsatz, der mit dem lakonischen Alarmierungstitel »Verkehrsunfall im 1. Stock« begann. In einem Gemeindebau im 21. Bezirk, der als sozialer Brennpunkt bekannt ist, hatten Jugendliche ein Moped in der Wohnung repariert. Der Motor funktionierte wieder, die Bremsen leider nicht. Die Testfahrt im 1. Stock endete mit einem Krach in der Tür eines Nachbarn. Ereignen sich in Gemeindebauten seltsamere Unfälle als anderswo? Kurt Simon verneint. Die Chancen auf schräge Anekdoten sind quer durch Wien normal verteilt.

1190

DER ROT-GRÜN-WEISSE

auf der 90er-Stiege

Laurin Rosenberg hat es geschafft: Warum der junge Historiker ins »Versailles der Arbeiter« zog.

»Ich will da hinein.« Der Satz entfuhr dem ehemaligen SPD-Kanzler Gerhard Schröder, als er jung und ungestüm an den Toren des deutschen Kanzleramts rüttelte. Laurin Rosenberg hat ihn wohl auch einmal zu sich gesagt, aber vermutlich eher ruhig und überlegt, wie es seine Art ist. Und es ging ihm nicht um den Chefsessel am Ballhausplatz, sondern um eine Wohnung im Karl-Marx-Hof. Er hat sich auf die Warteliste setzen lassen und am Ende 66 Quadratmeter Rotes Wien bekommen. Zimmer, Küche, Kabinett, dazu eine Loggia. Mehr als genug für einen jungen Mann.

Er erzählt seine Geschichte im »Waschsalon«. Der heißt so, weil dort seit bald 90 Jahren tatsächlich Wäsche gewaschen wird. In der Halle im Erdgeschoss rotieren die Trommeln, ein angenehm summendes Geräusch zivilisierter Betriebsamkeit erfüllt den Raum. Oben im Stockwerk, wo sich einst ein Tröpferlbad befand, lebt in einem geräumigen Saal jenes Rote Wien in Objekten,

Plakaten, Fotografien und Schautafeln weiter, dem sich Rosenberg verschrieben hat – im Museum des »Roten Waschsalons« (siehe dazu auch das Interview im Anhang mit den beiden Kuratoren des Museums). Und offensichtlich hat sich Laurin Rosenberg auch dem Fußballklub Rapid Wien verschrieben. Er trägt nicht nur einen Rapid-Trainingsanzug, sondern auch grüne Schuhe. Ist er am Ende ein Hardcore-Fan, der Tag und Nacht auch äußerlich ein Bekenntnis zu seinem Verein ablegt? Man sagt ja gerade von Rapid, Rapid sei kein Fußballverein, sondern eine Religion.

Das Grün-Weiße ist aber nur Rosenbergs Arbeitsgewand. Hauptberuflich, löst der junge Mann das Rätsel schnell auf, ist er für das Rapideum zuständig, das Rapid-Museum. Die intensive Auseinandersetzung mit der Rapid-Geschichte und die rege Nachfrage nach Führungen durch das neue Stadion und das Vereinsmuseum in Hütteldorf halten Rosenberg auf Trab. Er widmet der Faszination Fußball mittlerweile einen Gutteil seiner Zeit. Ein Geschichtsstudium hat er – vorläufig! – auf Eis gelegt, hier im »Waschsalon« hilft er nur noch aus. Er mag die Arbeit im Rapideum. Und den Erfolg, der sich rasch einstellte: In den ersten drei Monaten nach der Neueröffnung des Stadions studierten 5000 Fans aus allen Schichten und Altersgruppen die grün-weiße Klubgeschichte.

Der 1989 geborene Rosenberg hat sich, auch dies eine sozialdemokratische Tradition, dem Proletariat zunächst theoretisch genähert. Er artikuliert sauber wie ein Radiosprecher, spricht überlegt und druckreif. Das Elternhaus, aus dem er stammt, nennt er selbst bildungsbürgerlich. Es steht in Purkersdorf. Von dort war es ein weiter Weg nach Heiligenstadt, in den kanonischen Gemeindebau. Alles begann damit, dass Bush junior seine Soldaten auf die Suche nach Massenvernichtungswaffen in den Irak schickte. Sie wurden nie gefunden. Das war längst nicht die einzige politische Lüge, die Rosenberg empörend fand. Aber es war der Moment, in dem er sich politisierte. Er wurde Jungsozialist und begann, sich für die Geschichte der Arbeiterbewegung zu interessieren. Seine Mutter war als Sozialarbeiterin öfter in Gemeindebauten unterwegs, das eröffnete ihm einen praktischen Zugang zum Milieu. Und so fand er zum Karl-Marx-Hof, einem »Symbol für die Arbeiterbewegung und alles Gute, das diese Bewegung hervorgebracht hat«.

Wurde der Theoretiker von der Praxis enttäuscht? Klassenbewusstsein, Solidarität und all die anderen Kampfbegriffe der Arbeiterbewegung spielen im Alltag des Gemeindebaus keine große Rolle mehr. Dennoch, sagt Rosenberg, gibt es im Karl-Marx-Hof noch ein Wohngefühl, das größer und stärker ist als das gleichgültige Nebeneinander in der großstädtischen Anonymität. Er kennt fast alle Leute, die auf seiner Stiege wohnen. »Es wäre kein Problem, an ihre Tür zu klopfen und sie zu bitten, dass sie mir mit Eiern, Mehl oder Zucker aushelfen. Das ist ganz anders als in dem privaten Zinshaus, in dem ich einmal gewohnt habe.«

Rosenberg ist SPÖ-Mitglied. Politisch will er hellhörig und engagiert bleiben. Den Namenspatron des Karl-Marx-Hofes findet er dafür immer noch hilfreich: »Man muss unterscheiden zwischen dem, was Marx geschrieben hat, und dem, was andere daraus gemacht haben.« Er hat Marx »nicht studiert, aber gelesen«. Ein

Konterfei des Philosophen ziert bei ihm zu Hause eine Wand. Die Marx'schen Ideen, obwohl schon im 19. Jahrhundert ersonnen, haben für Rosenberg nichts von ihrer Aktualität verloren.

Es wäre natürlich nicht gescheit, alle Marx-Thesen blind zu akzeptieren oder gar auf Punkt und Beistrich genau umzusetzen. Aber als Analytiker hält er Marx nach wie vor für relevant. Elemente seiner Gesellschaftsanalyse kann Rosenberg aus dem Stehgreif zitieren. Dazu gehört auch der auf den Kopf gestellte Hegel. Auch wenn das Aperçu mittlerweile den Status eines philosophischen Kalenderspruchs hat, wahr sei es trotzdem: Das Sein bestimmt das Bewusstsein. Und das Kommunistische Manifest würde der junge Bewohner des Karl-Marx-Hofs auch heute noch unterschreiben. Weder die Epidemien der Überproduktion noch die zyklischen Wirtschaftskrisen, die das Manifest benennt, sind verschwunden. Die Krisen grassieren weltweit, die globale Ungleichheit ist monströs. Deshalb findet Laurin Rosenberg die Idee des Klassenkampfes prinzipiell immer noch gut. »Auch mit der Idee der Vergesellschaftung der Produktionsmittel hätte ich per se kein Problem.« Er möchte sie nur als Demokratisierung der Arbeit umgesetzt sehen, als lebendigen Austausch zur Frage, wie und was produziert wird, und unter welchen Bedingungen.

Ob er sich vorstellen kann, eines Tages wieder aus dem Karl-Marx-Hof auszuziehen? Schon, sagt Rosenberg. Zwar wohne er gerne hier, »aber die Lage«, seufzt er. Das Grätzel, das er wirklich mag, ist Hütteldorf. Auch in Ottakring hat Rosenberg eine Zeitlang zufrieden gelebt. Der Karl-Marx-Hof liegt aber leider in Döbling, und dieser Bezirk ist nicht gerade bekannt für hippe

Jugend- oder Alternativkultur. »Ich bin sicher nicht der Typ, der durch Grinzing flaniert.«

Aber wegen der Wohnung würde er nicht umziehen. Die ist ruhig und gemütlich. Weder Randale noch Skandale belasteten bisher sein Mieterleben. »Wenn es Konflikte gibt, haben sie nicht so sehr mit der Herkunft zu tun. Es sind normale menschliche Konflikte.« Auch die Zumutungen skurril anmutender Existenzen, wie sie vom Trash-TV etwa in der Serie »Wir leben im Gemeindebau« ausgemalt werden, haben ihn bisher nicht erreicht. Der Bau wird seit Jahren saniert, manchmal stören Presslufthämmer und Staubwolken. Davon abgesehen wohnt man im Karl-Marx-Hof mehrheitlich in Frieden, befindet Rosenberg.

Sein kleines Wohnglück verdankt er auch dem Umstand, dass sich die Struktur der Wohnanlage kaum verändert hat. Die typische Wohnung im Karl-Marx-Hof ist für größere Familien zu klein, deshalb ziehen eher Singles und Paare in den riesigen Wohnkomplex. Ungefähr 3500 Menschen wohnen dort, bis zu 5500 waren es früher einmal. Es gibt also viel Grün- und Freiräume, deshalb geht es vergleichsweise ruhig zu in der längsten Wohnhausanlage Europas, die als »Versailles der Arbeiter« immer noch als Symbol dafür steht, was Politik vermag. Der Karl-Marx-Hof ist über einen Kilometer lang. Die vom Architekten Karl Ehn geplante Anlage war darauf angelegt, eine Stadt in der Stadt zu sein. Es gab und gibt Ordinationen, Wäschereien, Gemeinschaftsbäder, Kindergärten, Postamt, Bücherei und Apotheke. Nur 18 Prozent des 156.000 großen Areals sind bebaut, der Rest sind großzügig angelegte Höfe und Grünflächen.

Natürlich kennt auch der junge Historiker die Geschichte: In den 1920er-Jahren wurde in vergleichsweise kurzer Zeit Wohnraum für Hunderttausende geschaffen, die davor in elenden Zinskasernen vegetierten. Obdachlosigkeit und Wohnungsmiseren sind selbst in Wien wieder auferstanden, aber Rosenberg sieht auch das Positive. Zwar leben die Leute nicht im Vergleich, zitiert er den Wiener Bürgermeister Michael Häupl: Es hilft nichts, zu wissen, dass es anderen anderswo noch schlechter geht. Es sei jedoch in dieser Stadt auch einiges gelungen. Delegationen aus anderen europäischen Städten, die Rosenberg durch den Waschsalon führt, sind immer wieder beeindruckt vom Ausmaß und der Qualität des sozialen Wohnbaus in Wien. Dass es jetzt wieder ein zartes »Fortsetzung folgt« bei der Errichtung neuer Gemeindebauten gibt, findet er natürlich gut: »Es war ein Fehler, das eigene Erbe aufzugeben und auf diese Art des sozialen Wohnbaus zu verzichten.«

1210

DIE »KUMMER-TANTE«

auf der 22er-Stiege

Rosa Wadosch ist eine Rose im Gemeindebau und eine furchtlose Fürsprecherin für ihre »Menscha«.

»Rosa, kann i vorbeikommen?« – »Na sicher, wann wüst kommen?« Ein klassischer Telefondialog in einer weitläufigen, gepflegten städtischen Wohnhausanlage im 21. Wiener Gemeindebezirk, errichtet in den Jahren 1964 bis 1966. Die um Hilfe Rufende wird später sagen: »Wenn wir nicht weiter wissen, rufen wir unsere Rosa an.« Die Rosa wohnt auf der 22er-Stiege. Und ihre Tür steht immer offen. »Die Rosa ist so wie eine Mutter, sie glaubt an das Gute in uns. Die Rosa ist eine Rose, ein blühendes Vorbild in unserem Gemeindebau.«

Wenn die Frauen der Bastelgruppe in Großjedlersdorf von ihrer Rosa erzählen, schwingt immer viel Respekt und Dankbarkeit mit. Jeweils montags und donnerstags kommen sie zusammen. Im großen Raum im BewohnerInnenzentrum an der Ruthnergasse. Zu den 16 älteren Frauen gesellen sich manchmal auch zwei ältere Männer hinzu. »Begegnung – Kreativ – Basteln« heißt ihr Verein, und Rosa Wadosch heißt die von allen geschätzte Gründerin und Obfrau.

Die Rosa hat eine Papp'n wie ein Schwert. Und ein Herz wie ein Bergwerk. Auch das sagen die Frauen von der Bastelgruppe mit einem sanften Lächeln. Und ein Mitarbeiter von Wiener Wohnen fügt hochachtungsvoll hinzu: »Würden mehr Menschen wie die Rosa auftreten, hätten wir in der Stadt keine Probleme.«

Und was sagt die Rosa?

Gemeinsam mit ihrem Mann, dem Herbert, nimmt die 63-jährige Floridsdorferin am Esstisch in ihrem Wohnzimmer Platz, dabei hat sie ihre Zigaretten immer in Griffweite. Wie gesagt, ihre Türen stehen immer offen. Das ist auch deshalb notwendig, weil in ihrem Wohnzimmer jeder Rauchmelder sofort Alarm schlagen würde. Auch an diesem Sonntagvormittag stehen die Türen offen. Wenn sie von den Frauen der Bastelgruppe spricht, sagt sie liebevoll: »Meine Menscha.« Um ihre Menscha kümmert sie sich – wie eine ältere Schwester.

Wird meine Pension bis zum Ende meiner Tage reichen? Wie geht es weiter, wenn ich ins Krankenhaus muss? Wer kümmert sich dann noch um mich? Werde ich wieder gesund? Die Ängste der Menscha müsse man ernst nehmen, über die könne man nicht – so wie das die Sozialdemokratie jahrelang getan hat – einfach hinwegsehen, hinweggehen.

Ältere Schwester! Das war sie schon einmal in dieser Wohnung. Damals, als ihr Vater bei der Straßenbahn arbeitete, die Mutter bei einer großen Wiener Reinigungsfirma beschäftigt war und sie als Hauptschülerin auf ihre vier Geschwister aufpasste. Sie hat das von Herzen gerne getan (»ich würde alles genauso wieder machen«), aber sie erinnert sich auch, dass sie als Muttterersatz schon sehr früh viel Energie aufbringen musste: »Wenn ich um acht Uhr in die Schule gekommen bin, habe ich einmal zwei Stunden gebraucht, um zu mir zu kommen.«

Ihr Lehrer, ein einfühlsamer Pädagoge, ebenfalls ausgestattet mit einer Papp'n wie ein Schwert, hat daher die Rosa-Dialektik richtig erkannt: »Die Rosa is' deppad, aber in Wahrheit sehr g'scheit.«

Als Helferin hat sie sich gut behaupten können. Als Helferin hat sie bis heute ihre Mutter vor Augen: »Die Mama hat aus Nix immer noch etwas Gutes gemacht. Sie hatte immer ein offenes Ohr für andere Menschen, denen es schlechter ging als uns. Vielen hat sie dadurch eine Therapie oder einen Anwalt erspart. Und sie hat den besten Krautsalat der Welt zubereitet. Ich habe mir immer gedacht: Wenn ich nur halb so gut werde wie sie, dann habe ich es geschafft.«

Tatsächlich hat es die Rosa geschafft. Als agile Bürokraft im Statistischen Zentralamt, als Telefonistin in der Schokoladefabrik Hofbauer, Mutter von zwei Kindern, Hausmeisterin und Betriebsrätin. »Ich habe eine ganze Menge von der Welt gesehen. Und ich habe überall meine Lehren gezogen.«

Immer war sie eine, die sich gekümmert hat. Die zur Seite stand, wenn jemand aus der Spur geraten war. Die die Last von anderen auf sich lud. Die zuhörte, wenn andere bereits weghörten. Bis zu ihrem Herzinfarkt im Jahr 2000. »Da bin ich draufgekommen, dass der Nektar des Lebens nicht nur daraus besteht, dass es den anderen gut geht. Ich habe verstanden, dass ich auch auf mich selbst achten muss.« Ihren Menscha hat sie daher klar gemacht: »Bei mir ist es schwer, ein Platzerl in meinem Herzen zu bekommen. Aber wer eines hat, der hat es für immer.«

Der Herbert nickt. Auch, weil er seine Frau bewundert. Er ist der Kassier im Verein und wird dank seiner strengen Buchhaltung mit einem Augenzwinkern Dagobert Duck genannt. »Manchmal erklären wir ihm, dass wir eine Bastelgruppe und kein Sparverein sind«, stichelt seine Frau. Nicht bösartig, denn im Grunde genommen ist sie froh, dass er den Überblick über die Finanzen der Bastlerinnen bewahrt.

Sie nimmt einen tiefen Zug von ihrer Zigarette. Sie biedert sich auch nirgendwo an. Nicht bei den im Bezirk Regierenden, und schon gar nicht bei den Krawallmachern, die von den Ängsten der Menschen profitieren und im Wahlsprengel die absolute Mehrheit hinter sich wissen, daher gar kein Interesse haben, diesen Ängsten die Grundlage zu entziehen. Im Gegensatz zu den Krawallmachern weist die Leiterin der Bastelgruppe ihre Menscha auch auf jene Errungenschaften der Stadt hin, die funktionieren. Und sie erklärt offen, dass man diese nicht leichtfertig aufs Spiel setzen sollte.

Ihr Engagement zieht längst Kreise. Begonnen hat die Bastelgruppe mit zwei Scheren und vier Menscha. Heute bereiten die 18 Mitglieder des Vereins regelmäßig Ausstellungen, Feiern und Kulturveranstaltungen vor. Inzwischen hat man aufgrund der guten Nachrede und der großen Nachfrage sogar einen Aufnahmestopp verhängen müssen.

Am Ende sagt die Rosa, die von ihrem Herbert manchmal auch »Kummer-Tante« oder »Pater Paterno« genannt wird: »Wir reden offen miteinander in unserer Gruppe. Es haben sich dadurch tiefe Freundschaften entwickelt. Jede Minute, die ich mit meinen Menscha verbringen kann, ist es mir wert.«

1210

DER RASTLOSE

im 95er-Haus

Erwin Riess lebt am »Tatort Gemeindebau«. Der Streitbare plädiert dafür, angstfrei anders zu sein.

Je größer der Gemeindebau, desto rätselhafter die Anordnung seiner Stiegen. Eine Herausforderung ist in dieser Hinsicht der Ernst-Theumer-Hof. Dort spielen die Stiegen verstecken. Die Wohnhausanlage in Floridsdorf ist riesig, sie tut aber so, als wäre sie klein. Labyrinthisch laufen verschachtelte Reihenhaus-Zeilen um schmale Plätze, zu denen enge Gassen führen. Die Mitte ist wie ein Anger angelegt, die Architekten nahmen sich die Idylle niederösterreichischer Dörfer zum Vorbild. Da scheint es nur konsequent, dass sie auch jenes Hausnummern-Chaos, das draußen auf dem Lande so natürlich wuchert, planvoll in der Wohnanlage inszenierten.

Einige leere Kilometer später finden wir den Schriftsteller Erwin Riess dann doch. Die Nummern folgen durchaus einer Logik, klärt er auf. Die Häuser sammeln sich in sechs Quartieren, die gegen den Uhrzeigersinn durchnummeriert wurden. In der 1983 bis 1985 errichteten Wohnhausanlage der Stadt Wien, einer der letzten ihrer Art, sollten die etwa 4000 BewohnerInnen sechs Mieterkomitees zugeordnet werden. »Um sie dann gegeneinander auszuspielen«, sagt Riess. Doch daraus wurde nichts. Alle MieterInnen vereinigten sich nach einer »ordentlichen Streiterei mit der Gesiba« in einem einzigen Mieterkomitee.

Erwin Riess versteht sich außerordentlich gut auf ordentliches Streiten. Einerseits weiß der Doktor der Politologie und Theaterwissenschaft, ehemaliger Oberrat des Wirtschaftsministeriums, Gastprofessor für Inklusion und Integrationspädagogik sowie sachkundige Aktivist der Behindertenbewegung, wovon er redet. Andererseits versteht er sich beim Reden und vor allem beim Schreiben auf lustvolle Rhetorik in allen Schattierungen zwischen Witz und Sarkasmus. Als Essayist, Stückeschreiber und Publizist hat sich Riess einen Namen gemacht. Er war jahrelang für die *Volksstimme* und *konkret* tätig, im *Augustin* schreibt er eine Kolumne. Vor allem hat er aber den Herrn Groll aus Floridsdorf ausgerollt. Der ist Rollstuhlfahrer wie er selbst und stets am Rande und auch jenseits der Legalität unterwegs. Ein Mann, der angstfrei anders ist. Einer, der sich nicht behindern lassen will.

Ein Rückenmarktumor zwang Riess im Jahr 1983 in den Rollstuhl. Seitdem kämpft er um ein »Independent Living«, ein selbstbestimmtes Leben, für alle und für sich. Das Bessere muss auf diesem Feld der Feind des Guten sein. Mitleid etwa gilt als Tugend, als humaner Reflex auf Schwäche. Aber Schwäche, zitiert Riess den Philosophen Theodor W. Adorno, fordert zur Gewalttat heraus. Daher sei Mitleid auch so gefährlich. Und die ORF-Sendung »Licht ins Dunkel« eine Katastrophe. Weil sie erstens die Tendenz fördert,

Recht durch Mitleid zu ersetzen und Charity keine Antwort auf legitime Ansprüche sein kann. Weil solche Initiativen zweitens die alten Verhältnisse verewigen und 40.000 behinderte ÖsterreicherInnen weiter zu einem Leben in Sondereinrichtungen zwingen würden. Und weil damit drittens Kürzungen im Sozialbudget gerechtfertigt erscheinen, sodass es in der Behindertenpolitik mehr vom Falschen gibt, sozusagen Heime statt Inklusion.

Wie sein literarisches Alter Ego, der an sich immobile Groll, bricht Riess immer wieder in die Welt auf. Über die Vermittlung seines Schriftstellerkollegen Michael Scharang kam er nach Ohio und New York, wo er als Disabled Rights Campaigner, Gastprofessor und »Writer in Residence« über Jahre regelmäßig Aufenthalte hatte. Anfang der 1990er-Jahre war er sowohl als Demonstrant als auch als Experte mit dabei, als auf der Straße und in den Institutionen um den »Americans with Disabilities Act« gerungen wurde.

Für Riess ist es nach wie vor »das beste Antidiskriminierungsgesetz der Welt«. Was Inklusion betrifft, sei die angelsächsische Gesellschaft hoch entwickelt. Es gibt immer genug Behindertenparkplätze, Rampen, Lifte und Entgegenkommen. Aber meist zu wenig Geld. »Um die pekuniäre Absicherung, die wir haben, beneiden die uns.« Das ist einer der wenigen Punkte, bei denen er mit der österreichischen Sozialpolitik zufrieden ist. Das Pflegegeld, zitiert Riess das Gesetz, »dient der Erhöhung der Selbstständigkeit behinderter Menschen.« Selbst im Puff, sagt er, wäre es widmungsgemäß verwendet. Und diese Freiheit findet er gut und richtig. Debatten um Pflegeschecks sind daher schlecht. Sachbezüge schränkten die Autonomie ein, sie machten nichts billiger, sie würden behinderten Menschen nur ein Stück ihrer mühsam erkämpften Autonomie nehmen.

Eigentlich würde Riess aber lieber schreiben als reden. Ein Abgabe-Countdown läuft gerade, in ein paar Tagen soll der neue Roman fertig sein. Herr Groll geht wieder einmal auf Reisen. Diesmal rollt und grollt er durch Friaul, New York und Rom, wo er in vatikanische Machtkämpfe und deren mafiöse Strukturen hineingezogen wird. Noch vor dem Roman erscheint ein Ergänzungsband mit seinen letzten vier Theaterstücken.

Geschrieben wird in Floridsdorf und zeitweilig in Pörtschach, im Hause seiner Frau. Im Arbeitszimmer schimmern zwei Monitore. Riess benutzt zwei Computer gleichzeitig. Auf dem führenden Gerät steht gerade der aktuelle Text, bereits auf 225.000 Zeichen angewachsen. Er steht dort immer, bisweilen lockend, manchmal fordernd, er wird niemals weggeklickt. Alles Nebensächliche findet auf dem kleinen Laptop daneben statt. Der ist zum Googeln, Mailen, Notieren und Probieren da. Knapp eine Stunde schreibt Riess am Stück, dann rollt er durch die 110-Quadratmeter-Wohnung und entspannt seine schmerzenden Schultern von der Schreibfron. Und blickt auf seinen Bau.

Die Wohnhausanlage ist vergleichsweise teuer gebaut, sie geht laut Riess »verschwenderisch mit Raum und Energie um«. Die Behindertenwohnungen wurden erst nachträglich eingebaut, auf seine Intervention hin. Die Lebensqualität in seiner Wohnung – es gibt auch noch eine Loggia und ein Carport – findet er unvergleichlich. Das hat den Stadtmenschen letztlich an den Stadtrand gelockt. Erwin Riess propagiert das Konzept des »Design for All«.

Die Idee stammt aus Schweden: Produkte, Dienstleistungen und Infrastrukturen sollen möglichst so gestaltet werden, dass man sie ohne individuelle Anpassung oder besondere Assistenz nutzen kann. Ganz ist das in seiner Wohnung nicht gelungen: Im Bad gibt es keine berollbare Dusche, dort ist er schon abgerutscht und hart auf dem Fliesenboden aufgeschlagen.

Andererseits, wenn er es im Bad bequemer hätte, würde er sich einige hundert Mal weniger nicht auf das Sitzbrett in der Badewanne hieven. Das ginge dann auf Kosten der Fitness. Er muss sich in Form halten, allein schon deshalb, damit die Verdauung funktioniert und der Muskeltonus nicht verkümmert. Im Wohnzimmer hat er ein Trainingsgerät für die Beinmuskeln. Er spielt Tennis. Im Sommer fährt er zum Schwimmen.

Der Weg in den Schreibpausen führt ihn allerdings, wie er selbstkritisch mit einer Hand am Bauch anmerkt, ein wenig zu oft in die barrierefreie Küche, wo alles unterfahrbar ist und die Regale tiefer hängen als in konventionellen Küchen. Dort besteht dann die Gefahr, dass er des Kühlschranks leichte Beute wird.

Der Herr Groll lässt den Genussmenschen noch viel ärger heraushängen. Im wirklichen Leben würde man die bisweilen windige Figur vielleicht mit ein wenig Vorsicht genießen, für das Fernsehen war sie offenbar zu schockierend. Ein Drehbuch mit dem ungebärdigen Rollstuhlfahrer liegt fertig redigiert, aber sicher verwahrt in einer ORF-Schublade oben am Küniglberg.

Die LeserInnen wohnen der anarchischen Groll'schen Lebenslust umso lieber bei. Die Zeit mit dem Floridsdorfer Schiffsfanatiker fließt uns bei der Lektüre so schnell dahin wie das Wasser in der von Riess und seinem Alter Ego gleichermaßen geliebten Donau. Die mittlerweile sechs Groll-Romane, jeder für sich ein assoziationsreiches Bündel von wilden Geschichten, haben ihr Publikum gefunden. Hintersinniger Humor vereinigt sich mit historischer Leidenschaft zu kreativen Attacken auf Marktfanatismus, Nazi-Echos und wohliger Allgemeindummheit. Nicht nur Verbrechen werden aufgeklärt, sondern auch die LeserInnen.

Die kleine Rente, die Erwin Riess bekommt, bessern ihm der detektivische Herr Groll und sein Mr. Watson aus der herrschenden Klasse, der Dozent aus Hietzing, mittlerweile verlässlich auf. »Riess lehrt vor allem, jenseits aller Satire, wie man eine Landschaft, deren Eckpunkte samt Weingütern und Restaurants er beim Namen nennt, politisch lesen kann, lesen sollte«, lobte Thomas Rothschild in der Tageszeitung *Die Presse*.

Politisch liest er natürlich auch immer wieder seine Wohnumgebung. Nach den ersten Wahltriumphen von Jörg Haiders FPÖ in den 1990er-Jahren – über 50 Prozent votierten damals in seinem Gemeindebau für die Blauen – schloss die SPÖ ihr Parteilokal und zog sich aus der Siedlung zurück. »Das ist in vielen Gemeindebauten geschehen, die Roten haben resigniert.« Ursprünglich wohnten hier viele Menschen, die in stadtnahen Bereichen beschäftigt waren, klassisches SPÖ-Klientel: Angestellte der Stadtwerke, Busfahrer, Polizisten. Sie haben sich einen gewissen Protestmodus angewöhnt angesichts der Unzulänglichkeiten in der Stadt. Allerdings glaubt Riess, dass sich die Menschen politisch nicht so unwiderruflich dem Populismus verschrieben haben, wie es scheint: »Der Van der Bellen hat in unserem Bau eine Mehrheit bekommen.«

Es war auch schon einmal mehr Leben in der Wohnhausanlage. Mehrere Geschäfte sperrten zu, allen voran der kleine Supermarkt, der nur wenige Meter von seiner Wohnung entfernt lag. Die Anlage selbst hat einen guten Leumund. Am Bau waren namhafte ArchitektInnen beteiligt, deshalb streifen immer wieder auch ArchitekturstudentInnen durch die Siedlung. Einst stand sie allein auf weiter Flur. Jetzt gibt es kaum noch Flur, der Bauboom in Wien hat auch Nordnordwest-Floridsdorf erreicht.

Michael Scharang wohnt auch in der Anlage, mit ihm ist Riess seit Jahrzehnten befreundet. Allerdings wohnt der Kollege im ersten Halbstock. Es gibt weder eine Rampe noch einen Lift. Wenn sich die Herren in der warmen Jahreszeit kurzfristig verabreden, machen sie aus der Not keine Tugend, sondern ein Fest und picknicken mit einer Flasche Wein auf den Stufen.

»Man braucht Freiheit, wenn man wirklich Schriftsteller sein will«, sagt Erwin Riess. Deshalb hängte er seinerzeit die Beamtenkarriere an den Nagel. Die Freiheit hat auch ihre Tücken. Riess kennt Phasen der Einsamkeit, des Scheiterns, der vergeblichen Mühe.

Zu seinem fünfzigsten Geburtstag lernte er seine Frau kennen. An der Tatsache, dass sie ihr Haus in Pörtschach für ihn umbaute, merkte er, dass sie es ernst meinte. Vor seinem sechzigsten Geburtstag sagt er, dass die letzten zehn Jahre die glücklichste Dekade seines Lebens waren. Seine Frau ist niedergelassene Ärztin in Maria Rain bei Klagenfurt. Auf der Pinnwand im Wohnzimmer sieht man sie auf den meisten Bildern.

Platz zwei geht an Antonio Gramsci. Ja genau, das ist der Philosoph, dem wir das Stichwort von der kulturellen Hegemonie verdanken. Für Riess ist er gewissermaßen der Hausphilosoph, er hat über ihn dissertiert. Im Wohnzimmer hängt ein Gemälde, das Gramsci zeigt.

Zuletzt machte Riess den angstfreien Umgang mit Sexualität zu seinem Thema, den musste er sich selbst auch ziemlich hart erarbeiten. »Da bin ich oft eingefahren«, sagt er, »auch aus eigener Schuld«. Zu dem Sammelband »Unerhörte Lust« steuerte er einen fiktiven Brief bei, eine Handlungsanleitung für einen Querschnittsgelähmten. Er empfiehlt nicht nur einen offenen, sondern einen hemmungslosen Umgang mit Sexualität: Erogene Zonen können wiedergefunden werden, Masturbieren muss sein, gerne auch exzessiv, und der Einsatz von vibrierenden Geräten sollte kein Tabu sein: »Das Ziel muss sein, jederzeit mit den Mitteln der Natur und allenfalls ein paar mechanischen Hilfsmitteln an jedem Ort der Welt einander so viel Lust bereiten zu können, dass die Vögel vor Schreck auffliegen und voyeuristische Landwirte mit den Traktoren im Kreis pflügen.«

1220

DIE FERNSEH-STIMME

auf der 17er-Stiege

Lajla Asujeva war in ihrer Heimat eine angesehene Journalistin. In Wien werkt sie an ihrem Comeback.

Sie sitzt mit ihrem Mann Salman am Küchentisch und blättert in einem Fotoalbum aus den 1990er-Jahren. Die Aufnahmen zeigen: sie mit ihren KollegInnen vom staatlichen Fernsehen; sie mit Mikrofon; sie mit einem Kameramann; sie in einem Fernsehstudio. »Das war eine schöne Zeit«, erzählt die Frau, die ein elegantes Kopftuch trägt und sich dazu passend sehr gewählt ausdrückt. Diese Zeit lag zwischen den Kriegen. Dazu ist zu sagen: das kleine Land, das wir Tschetschenien nennen und als mehr oder weniger autonome russische Teilrepublik im Nordkaukasus verorten, liegt immer zwischen den Kriegen, sofern nicht gerade Krieg geführt wird.

Erinnerungen tauchen auf, an diesem Sonntagnachmittag in einer Gemeindebauwohnung an der Eipeldauer Straße. Sie hat Journalistik studiert, im damals von den Sowjets diktierten Leningrad, dem heutigen Sankt Petersburg. »Für mich ist diese Stadt mit ihren historischen Gebäuden noch immer die schönste Stadt der

Welt«, erklärt Lajla Asujeva, während ihr Mann ins Wohnzimmer geht, dort einen Teppich auflegt und in Ruhe zu beten beginnt.

Ihre Universität war weit entfernt von ihrer Heimat: »Wenn ich in den Ferien in den Zug gestiegen bin, um heim nach Tschetschenien zu fahren, war ich drei Tage und drei Nächte unterwegs.« Sie hat übrigens nach der Hochzeit nicht den Namen ihres Mannes angenommen, sondern ihren Mädchennamen behalten. Was sie so begründet: »Weil ich mir in Tschetschenien als Fernsehjournalistin einen Namen gemacht habe.«

Sie erinnert sich auch an Begegnungen mit Persönlichkeiten ihres Landes: »Besonders beeindruckt haben mich die Interviews mit der berühmten tschetschenischen Schauspielerin Zura Radujeva, mit dem Dichter Apti Bisultanov, dem weltweit bekannten Tänzer Mahmud Esambajev und mit dem beliebten Autor Apti Bisultanov. Mein Interview mit ihm wurde 1994 als das beste Interview des Jahres ausgezeichnet.«

Ihr Name droht allmählich in Vergessenheit zu geraten. Lajla Asujeva ist sich dessen bewusst. In der weitläufigen, sonntags fast menschenleeren Gemeindebaulandschaft in der Nähe des Leopoldauer Platzes wissen nur wenige, wer sie einmal war und worüber sie im Fernsehen berichtet hat. Hier ist sie bei allen, die nicht aus Tschetschenien stammen, die Nachbarin von der 17er-Stiege, die Mutter von vier wohl erzogenen Kindern und die Frau von Salman, dem Geldtransportfahrer der österreichischen Post, der so wie sie immer freundlich grüßt.

Der Wiener Gemeindebau bietet Menschen aus unterschiedlichen Kulturkreisen und Regionen der Welt ein Zuhause. Auch

Menschen aus Tschetschenien sind Teil des bunten Menschenmosaiks. Doch über sie ist ebenso wie über ihr Land wenig, vor allem wenig Nettes bekannt. Die Familie Asujeva bietet dank ihrer Gastfreundschaft die Chance, den durchgängig negativen Berichten neue Aspekte hinzuzufügen, dabei Tschetschenien nicht nur in einem Atemzug mit der Sorge um die öffentliche Sicherheit und die guten Sitten zu nennen.

Lajla Asujeva wurde in Urus-Martan geboren und ist dort auch aufgewachsen. Urus-Martan liegt ziemlich in der Mitte der Teilrepublik, rund 30 Kilometer südwestlich von der Hauptstadt Grosny entfernt, und ist mit knapp 50.000 EinwohnerInnen die zweitgrößte Stadt des Landes. In ihrer Heimat, die von Clans dominiert und verwaltet wird, wird sie dem Beno-Clan zugerechnet. Über die Benos machen sich die Mitglieder anderer Clans gerne lustig. »Zu Unrecht«, betont die Journalistin mit selbstbewusstem Lächeln. »Schauen Sie doch bitte mich an, ich bin das beste Beispiel dafür, dass wir intelligent und auch fleißig sind.« Ihre Kinder gehören der Tradition entsprechend dem Clan Zontroy an, das ist der Clan ihres Mannes. Aber das spielt hier im Gemeindebau keine übergeordnete Rolle.

Im Jahr 2004 sind Salman und Lajla mit ihren beiden älteren Söhnen aus Tschetschenien geflüchtet. Ihre erste Station war fern der Heimat: Jordanien. Das Ehepaar hatte gute Gründe dafür; die Neugier der Gäste spült manch böse Erinnerung wieder nach oben. Frau Asujeva kann sich ihrer Emotion nicht entziehen, sie möchte nur so viel sagen: »Das war keine schöne Zeit. Mir wäre es daher lieber, wenn wir dieses Kapitel einfach überspringen könnten.«

Dann erklärt sie mit leiser Stimme, und dennoch bestimmt: »Der Krieg selbst und die Situation nach Kriegsende hat uns dazu veranlasst, unsere Heimat, unsere Freunde und unsere Verwandten von heute auf morgen zu verlassen.«

Am 31. Dezember 2004 kam sie mit ihrer Familie nach Österreich. Der erste Ort, den Frau Asujvea näher kennen gelernt hat, war das niederösterreichische Gutenstein: »Ein schönes Dorf. Es hat mir dort sehr gut gefallen, weil es viel von der Natur zu sehen gab.« Die erste Familie, die sie in Österreich kennengelernt hat, war die Familie Sanz. »Josef und Friederike Sanz waren die Besitzer eines Gasthauses. Sie haben auf mich einen guten Eindruck gemacht. Ich erinnere mich gerne an sie.«

Seit 2007 leben die Asujevas in Wien, seit 2014 in dieser Gemeindebauwohnung im 22. Bezirk. »Die ersten Jahre in Wien waren schwierig«, sagt die ehemalige Journalistin. »Ich war daheim bei den Kindern, konnte meinen Beruf nicht mehr ausüben, litt zwangsläufig an einer schweren Depression.« Wer das nicht verstehen kann, möge sich vorstellen, wie das wäre, wenn man in seinen besten Jahren seine Familie, Freundschaften, seine Heimat und einen geliebten Beruf hinter sich lassen muss, und am Ende keine Möglichkeit mehr hat, auf eigene Talente und erworbene Fähigkeiten zu bauen. Die Teilnahme am öffentlichen Leben, das interessierte Fragenstellen, die Suche nach gesellschaftlich relevanten Antworten und die berufliche Anerkennung, Triebfedern im Journalismus, blieben ihr in den eigenen vier Wänden verwehrt.

Langsam verlässt Lajla Asujeva das dunkle Tal: »Ich kann mich freuen, dass meine häusliche Arbeit belohnt wird.« Ihre

Söhne Hamzat, Hizar und Zakri und ihre Tochter Amalia sind in ihren Schulen gut verwurzelt und angesehen. Der Älteste, Hamzat, wird bei komplizierteren Wörtern und Sätzen um seine Expertise gebeten. Und er kann dann auch immer helfen. Der junge Mann strebt der Matura entgegen.

Weniger Freude hat seine Mutter mit den Pauschalierungen, mit denen Menschen aus Tschetschenien in Wien oft konfrontiert sind. Wird in der Nachbarschaft in ein Auto oder in eine Wohnung eingebrochen, gab es irgendwo eine Rauferei, werden sofort ihre Landsleute verdächtigt. Berechtigt? In der informellen, wenig durchdachten Hierarchie der »Ausländer«, die sich infolge der geopolitischen Krisen und Wanderungsbewegungen in den vergangenen fünfzig Jahren gebildet hat, sind die TschetschenInnen jedenfalls ganz unten angesiedelt.

Eine Freundin von Frau Asujeva, die an diesem Nachmittag auch zu Besuch ist, erzählt von einem Vorfall, den sie selbst erlebt hat: Es war an einem Sommertag. Zeitig in der Früh fährt sie plötzlich aus dem Schlaf und hört lautes Läuten und Hämmern an ihrer Wohnungstür. Als ihr Sohn die Tür öffnet, wird er von Elitepolizisten in Kampfuniformen niedergerannt. Die Männer stoßen sie zu Boden, dann spürt sie schmerzlich, wie sie ihr beide Arme auf den Rücken drücken. Was die Eindringlinge der Eliteeinheit, die bei ihr sofort Erinnerungen an den Krieg in ihrer Heimat wachrufen, genau bei ihr gesucht haben, weiß sie bis heute nicht. »Und entschuldigt hat sich auch niemand.«

Staatliche Gewalt ist der Familie von Lajla Asujeva bisher in Wien erspart geblieben. Leicht ist das Leben aber auch für sie nicht.

Ihr Mann, der in seiner Firma gut integriert ist, verdient mit vielen Überstunden einigermaßen gut, doch gut die Hälfte seines Lohns geht sofort für die gut 100 Quadratmeter große Wohnung drauf.

Ihre Kinder müssen mit einem anderen Problem zurechtkommen, dem Widerspruch der Werte: Das, was ihnen in ihren Schulen vermittelt wird, ist nicht 1:1 kompatibel mit den Werten, die sie mit der Muttermilch mitbekommen haben. Der älteste Sohn erläutert den Unterschied zum emanzipatorischen Ansatz so: »Der Vater wird respektiert, weil er so viel für uns getan hat und weil er sich für unsere Familie Tag für Tag aufopfert.« Seine Mutter ergänzt: »Das heißt nicht, dass wir ihn respektieren müssen, wenn er ein Tyrann ist. Wir tun es freiwillig. In unserer Kultur hat das Wort ›Vater‹ eine große Bedeutung.« Dem Ehemann und Vater ist es auch vorbehalten, die Gäste zu empfangen und alleine mit ihnen zu speisen, während die Frauen das Essen zubereiten und servieren.

Lajla Asujeva legt auch Wert auf folgende Relativierung: »Das heißt nicht, dass ich als Mutter nicht respektiert werde. Beide Elternteile müssen von den Kindern respektiert werden. Man muss alle älteren Personen respektieren, auch dann, wenn diese nur ein bisschen älter sind. In Familien mit gut erzogenen, selbstbewussten Kindern wird mit den Eltern nicht gestritten, es wird ihnen auch nicht widersprochen.«

Sind alle tschetschenischen Männer Kämpfer und Krieger, die sich nur schwer in unsere Gesellschaft integrieren lassen? Frau Asujeva kennt dieses Klischee. Ihre Buben werden oft damit konfrontiert. Sie erzählt, dass ihr Ältester eine Zeitlang einen

Kampfsport ausgeübt hat. Doch deshalb sei er noch lange kein Kämpfer und Krieger. Und es ist bei Weitem nicht so, dass alle Männer in Tschetschenien automatisch kampfbereit wären.

Lieber als über die alten Männlichkeitsrituale erzählt die belesene Frau von der Geschichte ihrer Landsleute: »Tschetschenen nennen uns nur die Russen. Wir selbst nennen uns Nohchi. Der Name soll an den Propheten Noah erinnern. Wir sehen uns als seine direkten Nachkommen. Unsere Heimat nennen wir Nohchichiö. Chiö ist das Gebiet, in dem Tschetschenen leben. Aber das ist eine andere Geschichte.«

Dann erklärt sie: »Viele Wörter unserer Sprache findet man in anderen Sprachen, vom Schwedischen bis zum Chinesischen, vom Arabischen bis zum Deutschen.« Als Beispiele für angelehnte Wörter im Deutschen nennt sie »sa« für die Seele, »kel« für den Keller, »ja'an« für die Jause, »laton« für die Laterne oder »börsch« für die Burschen. Beispiele für die Nähe zum Schwedischen wären demnach »jurt« für den Ort oder »latt« für das Land.

Gerne würde die Reporterin ohne Grenzen wieder in ihrem Beruf arbeiten. Doch die deutsche Sprache, die sie heute gut, aber noch nicht sehr gut beherrscht, bleibt für die 49-Jährige weiterhin eine nicht leicht zu bezwingende Hürde. Außerdem belastet sie eine Krankheit ihrer Augen, die ihr in jüngster Zeit zu schaffen macht. Der zunehmenden Verringerung ihrer Sehkraft versucht sie die Stirn zu bieten, indem sie nicht mehr so viel liest und schreibt. Auch hat sie ihre beruflichen Ziele zuletzt neu definiert: »Vielleicht könnte ich mein Wissen der Caritas zur Verfügung stellen.« Andererseits gibt es auch Hoffnung. Stolz berichtet sie von einer neuen Chance, die sich erst vor wenigen Tagen aufgetan hat: »Ich besuche jetzt einen Journalismuskurs bei der Zeitschrift *biber*.«

Wien erinnert sie an Sankt Petersburg, an ihre Lieblingsstadt, sagt sie dann. »Es gibt hier viele grüne Flächen, und die Architektur ist sehr schön.« An Österreich schätzt sie: »Das soziale System, die Chance auf ein besseres Leben und die guten Umweltbedingungen.« Doch sie macht sich auch Sorgen: »In letzter Zeit herrscht nicht mehr so viel Sicherheit.«

Mit ihrer Wohnung ist sie zufrieden: »Ich habe hier bekommen, was ich in meiner Heimat verloren habe, nämlich ein echtes Zuhause.« Sie möchte ihre Wohnung nicht kritisieren. Wünschen würde sie sich allerdings, dass auch vor ihrem Fenster ein schöner Baum stünde. »Weil fast überall Bäume und Gebüsche wachsen, nur nicht bei mir.« Und dass die Wohnung nicht ganz so teuer wäre. Und dass ihr mehr Menschen mit weniger Vorbehalten begegnen würden. Schön wäre das!

1220

DER TON-KÜNSTLER

auf der 29er-Stiege

Karl Heinz Stutzig ist einer jener Männer, die dem 1. Wiener Gemeindebauchor mehr Tiefe verleihen.

Ladies first! Eine nach der anderen geht jetzt auf die Bühne; erst ganz am Ende der langen Schlange ist auch der eine oder andere Gentleman zu sehen. In ihren Händen halten alle Mappen mit den Notenblättern und Liedtexten für den heutigen Auftritt. In ihren Augen ist auch ein wenig Lampenfieber zu erkennen. Was nur wenigen im Publikum auffällt: Einer der Chorsänger stützt sich beim Erklimmen der Bühne auf einen Stock.

Und dann sind alle oben. Dort heißt es: Aufstellung nehmen, noch einmal durchatmen, sich sammeln, konzentrieren. Und da ist auch schon das Auftaktzeichen vom Chorleiter!

»Du-passt-so-gut-zu-mir-wie-Zucker-zum-Kaffee«, legen die Frauen mit ihren Sopran-Stimmen los. Ihr lieb gewonnener Schlager begleitet den 1. Wiener Gemeindebauchor seit dessen Gründung im November 2008. Schnell weicht die anfängliche Aufregung der gemeinsamen Freude. »Du-du-du-du-du-bi-du«, brummt es im Hintergrund, dort, wo auch der Mann mit dem Gehstock seinen Platz hat. Der Zucker zum Kaffee, der Rhythmus des Lebens – die tiefen Bass-Stimmen machen das Trällern der Damen erst so richtig süß.

Der 1. Wiener Gemeindebauchor wird heute als erstklassige Erfolgsgeschichte aus dem Wiener Gemeindebau präsentiert. Zu Recht. Denn Chorleiter Martin Strommer kitzelt aus all den GemeindebausängerInnen das Maximum an Sangeslust, Sangeskunst heraus. Die Kunst kommt nicht von ungefähr. Am Montag bittet Strommer zur Chorprobe in der Viktor-Kaplan-Straße in der Donaustadt, am Mittwoch wird im Wrba-Hof in Favoriten geübt, am Donnerstag am Kriemhildplatz hinter der Stadthalle. Und mehrere Male pro Monat vereint sich der Chor so wie heute im Rathaus zum gemeinsamen Auftritt.

Sie haben ihrem Kollegen hinten einen Sessel zur Seite gestellt. An der Lehne kann er sich, wenn ihm die Muskeln ihren Dienst versagen, anhalten. Berührend: Sie stützen ihn, auch emotional. Nicht nur, weil seine Stimme in dem von Frauen dominierten Chor die dringend benötigten tiefen Töne liefert, auch, weil sie ihn mögen.

Man könnte vorschnell zu dem Schluss gelangen, der pensionierte Feuerwehrmann sei gerne der Hahn im Korb, neben all den Frauen im Chor. Doch so einfach ist das nicht. Einer, der sein ganzes Leben gewohnt war zu helfen, als Feuerwehrmann, einer, der sein ganzes Leben Sport betrieben hat, als Fußballer bei der Admira, als Handballer in der Staatsliga, tut sich schwer: Von anderen Menschen Hilfe anzunehmen. Der 70-jährige Wiener lernt das gerade. Die Musik und die Chorgemeinschaft helfen ihm dabei. Der Applaus, der nach dem ersten »du-bi-du« als frenetisch beschrieben werden darf, tut sein Übriges.

Wir blenden uns an dieser Stelle aus dem Konzert im Rathaus aus und springen hinüber, auf die andere Seite der Donau. Nähern uns jetzt einem achtstöckigen Gemeindebau auf halbem Weg zwischen Kagraner und Genochplatz. Es ist einer dieser Betonbauten, die in den 1960er-Jahren schnell hoch gezogen werden konnten, dank der damals neuen Fertigteilbauweise. Mit dem noch ungebrochenen Impetus, Wohnraum für Menschen und nicht für Immobilienhaie zu errichten. Vor den Stiegen ist auffallend viel Grünraum und Platz für Kinder, die spielen wollen. Auch die Wohnungen wurden menschengerecht angelegt.

»Das Gehen geht halt nicht mehr so wie früher«, sagt Karl Heinz Stutzig in seinem Wohnzimmer im 5. Stock. Dann lässt er sich langsam auf einem Sessel neben dem Esstisch nieder, um eine erste Diagnose abzugeben: Vor zwei Jahren begannen seine Beine nicht mehr das zu tun, was sie zuvor taten. Dieses mysteriöse körperliche Versagen führten einige Ärzte (nicht alle) auf eine Nervenkrankheit mit der bedrohlich klingenden lateinischen Bezeichnung Polyneuropathie zurück. Was auch immer die Ursache sein mag, keine Therapie hat ihm bis dato entscheidend geholfen. Die Krankheit macht ihm, der immer sportlich unterwegs war, zunehmend zu schaffen: »Öfter als mir lieb ist, muss ich mich in den Rollstuhl setzen und meine Frau bitten, mich zu schieben.«

Seine Frau, die Christine, sitzt neben ihm und nickt. Sie ist seit fünfzig Jahren ein Rückhalt in seinem Leben. Und er auch für sie. Der Chorsänger erzählt: Er ist als Kind einer klassischen Wiener Arbeiterfamilie aufgewachsen, im Gemeindebau, erst an der Brünner, dann an der Prager Straße. Er stammt aus einfachen, aber keineswegs ungeordneten Verhältnissen. Ganz im Gegenteil.

»Der Gitterkäfig und der Rondoball haben mich meine ganze Kindheit begleitet«, fährt Karl Heinz Stutzig fort. Das Erzählen tut gut, lässt gute Gedanken zu. So wie die Musik, die ihn schon sein ganzes Leben begleitet. Gerne erinnert er sich an seinen Vater, einen Straßenbahner, der begeistert gesungen hat. Beim Heurigen baten ihn die Leute: »Geh Koarl, sing wos fia uns.« Beim Aufmarsch am 1. Mai hat er die »Internationale« angestimmt. Und zu Weihnachten selbstverständlich das eine oder andere Weihnachtslied.

Vielleicht wäre der Sohn vom Straßenbahner-Koarl beim Fußball geblieben, wäre die Admira nicht dem Lockruf des Geldes gefolgt und von ihrer angestammten Heimat Jedlesee in die ferne Südstadt ausgewandert. Der Süden von Wien lag für den Floridsdorfer Buben außerhalb seiner Vorstellungskraft. Daher konvertierte er zur Musik: »Ein Freund hat mich ermutigt, Gitarre zu spielen.«

Auch bei der Wiener Berufsfeuerwehr, der der gelernte Hafner und Fliesenleger im Sommer 1966 beitrat und 35 Jahre lang bis zu seiner Pensionierung im Jahr 2001 die Stange hielt, kamen Geselligkeit und Musik selten zu kurz: »So habe ich auch meine Frau kennengelernt«, erzählt der Musikus mit einem Lächeln. Und seine Christine fügt hinzu: »Mein Vater war auch bei der Feuerwehr, am Heiligen Abend ist er mit meiner Mutter, meiner Schwester und mir zu einer Feier auf die Feuerwehrwache in der Weisselgasse gegangen.« Mit einem Augenzwinkern sagt sie dann: »Es wurde mit der Harmonika gespielt, und der Karl Heinz hatte das Pech, dass er der einzige junge Mann unter vielen älteren war.«

Das Feuer füreinander loderte schnell. Ihr Mann sagt, dass er bei der Feuerwehr seinen Traumberuf gefunden hat: »Das Schöne ist, dass du nicht strafen musst, sondern helfen kannst.« Seine Familie ist heute eine echte Wiener Florianifamilie: »Unsere Tochter arbeitet bei der Feuerwehr, der Schwiegersohn auch. Und zwei Schwager waren bis zu ihrer Pensionierung ebenso bei der Feuerwehr beschäftigt.«

Von ihrem Wohnzimmerfenster blickt das Ehepaar in Richtung Osten, am Horizont sehen sie die Seestadt Aspern. Selten hört man das in Wien, was Karl Heinz Stutzig jetzt sagt: »Wir sind sehr zufrieden mit unserer Wohnsituation. Wir haben nette Nachbarn, mit und ohne Migrationshintergrund. Und dass die Kinder manchmal laut sind, muss man akzeptieren. Wir waren auch einmal Kinder, und haben auch einmal kleine Kinder gehabt.« Er zählt auch nicht zu jenen, die in NachbarInnen, die nicht wie er im Gemeindebau aufgewachsen sind, gleich eine Bedrohung sehen wollen: »Das sind Menschen wie du und ich. Es gibt überall auf der Welt solche und solche.«

Die Chorprobe montags ab 17.30 Uhr ist für den Pensionisten zu einem lieb gewonnenen Pflichttermin geworden. Dort trifft er auf vertraute Menschen. Mit einigen hat er in den vergangenen Jahren Freundschaft geschlossen. Und er hat auch eine Erklärung dafür, warum die Männer beim Gemeindebauchor in der Minderheit geblieben sind: »Die einen trauen sich nicht, mit so vielen Frauen zu singen. Die anderen würden gerne, aber da hat die Frau etwas dagegen.« Seine Frau hat nichts dagegen. Im Gegenteil, sie hat ihm nur wenige Wochen nach der Gründung des Chors einen Zeitungsartikel vorgelegt, mit dem Hinweis: »Das wäre doch was für dich.«

In der Tat! Während seiner Zeit bei der Feuerwehr ist er jahrelang mit richtigen Bands aufgetreten. Sein Part: »Gitarre und Gesang. Wir waren am Anfang ›The Vulkenos‹, und später ›The Kingstown Boys‹, weil der Gründer der Band aus Königsstetten kam.« Nach seiner Pensionierung sang er fünf Jahre im Kirchenchor der Donaucity.

Am Gemeindebauchor schätzt Stutzig vor allem »die Gemeinschaft, die bei den vielen gemeinsamen Proben und Auftritten entstanden ist, das Gefühl, gemeinsam auf der Bühne zu stehen«. Der Auftritt im Rathaus sei für ihn immer etwas Besonderes. Doch man sei auch schon gemeinsam auf Reisen gewesen: »Die Erinnerung an unseren Auftritt in Sankt Michael im Lungau, mit all den anderen Chören, erzeugt bei mir heute noch Gänsehaut.« Seinen Respekt zollt er auch den beiden Rappern, mit denen der Chor zuletzt aufgetreten ist.

Wir sind zurück im Rathaus. Der Applaus am Ende des Konzerts hält lange an. Freut auch den Sänger mit dem Gehstock, der sich am Ende vorsichtig die Stufen der Bühne hinunter arbeitet. Der Chorleiter nickt heute anerkennend, das macht er nicht immer. Andere Chormitglieder klopfen ihm auf die Schulter. Sagen oder wollen zum Ausdruck bringen: »Bleib uns bitte noch möglichst lange erhalten.«

1220

DER STEHAUF-MANN

auf der 1er-Stiege

Walter Färber hat etliche Schläge einstecken müssen. Heute lebt er wieder in der Wohnung seiner Kindheit.

Er hört ihre Schritte, ihre Beschimpfungen, ihre Drohungen. Spürt die beinharten Schläge, ihren fauligen Atem, ihre geile Gier. Sie schleichen sich oft in der Nacht an, aber nicht nur dann. Noch immer beginnt sein Herz zu rasen, wenn ihm diese feisten, feigen Zombies wieder in den Sinn kommen. Wir sitzen im Wohnzimmer seiner Wohnung in Kagran. Auf dem Wohnzimmertisch liegt eine Ledermappe mit vielen alten Fotos. Einige Fotos zeigen einen schmächtigen Buben. Der hat auf den ersten Blick wenig mit dem groß gewachsenen, kräftigen Besitzer der Mappe gemein.

»Da war ich zehn Jahre alt«, erklärt Walter Färber, der sein Martyrium vierzig Jahre lang mit aller Gewalt unterdrückt hat. Erst seit gut einem Jahr kann er das, was er über sich ergehen lassen musste, in Worte fassen. Zu verdanken hat er das auch einer aufmerksamen Bekannten und einem Psychologen von der Opferhilfe »Weißer Ring«.

Der 52-jährige Wiener ist einer aus der Gruppe jener, die von den politischen Vertretern der Republik jahrelang hingehalten werden. Zuletzt bei einem feierlichen Akt im Parlament. Andere durften dort über sie sprechen. Sie selbst kamen nicht zu Wort. Der Kanzler versprach allen eine Pension. Färber weiß bis zum heutigen Tag nicht, was er von dieser Ankündigung halten soll. In seinem Fall gab es die Republik bisher besonders billig: Der im Bundeskonvikt vier Jahre lang obszön Gequälte wurde bisher mit einem Körberlgeld und 80 Therapiestunden abgefertigt. Die Frage ist: Wie sollen die jahrzehntealten Krater in seiner Seele in 80 Stunden heilen?

Färbers Wohnzimmer wird gut bewacht: von drei Kampfhunden, die man sich nicht zum Feind wünscht. Und auch gegen den Walter steigt man besser nicht in den Ring. Der bis heute leidenschaftliche Kampfsportler steckt in einem – allen Verletzungen zum Trotz – gut trainierten und an mehreren Stellen tätowierten Körper.

Der Boxer war schon öfters in seinem Leben angezählt, die Mehrheit seiner Kämpfe hat er jedoch gewonnen. Den letzten: vor ein paar Wochen, zwei Tage vor Weihnachten. Da hat er einen Riss der Aorta weggesteckt. Er hatte enorm viel Blut verloren. Doch die Ärzte im SMZ Ost und dann im Krankenhaus Hietzing hielten ihn am Leben. 16 Stunden lang zog sich die Notoperation hin. Walter Färber kam dennoch zurück, laut Statistik als einer von tausend. Und als er in der Intensivstation wieder zu sich kam, erkundigte er sich sofort, ob seine Hunde gut versorgt sind.

»Die Eltern wollten gewiss das Beste für mich«, erzählt der Sohn aus gutem Haus dann. Doch sollte es das Schlechteste werden. Er war in diesem Wohnzimmer ihr viertes, ihr jüngstes Kind, der einzige Sohn, das Nesthäkchen in einer klassischen Aufsteigerfamilie.

Sein Vater war nachweislich »eine fixe Größe in der Wiener Staatspolizei«. Laut amtlicher Dankesschreiben bewachte er die Villa des weltweit respektierten Bundeskanzlers Bruno Kreisky oben in Döbling. Eskortierte echte Könige ins Allgemeine Krankenhaus, wo diese am Herzen operiert wurden. Stand an der Seite von Staatsgästen wie Willy Brandt oder Olof Palme. Mehrere Fotos zeigen, wie er die Teenie-Tochter des US-Präsidenten Jimmy Carter Schulter an Schulter mit den Gentlemen vom CIA abschirmt, als diese beim Wien-Besuch ihres Vaters den Prater besuchen durfte. Auch das Goldene Ehrenzeichen für besondere Verdienste um die Republik wurde ihm verliehen.

Seine Mutter, auch eine Staatsdienerin, nahm aus Angst, nicht zu genügen, abends Akten mit nach Hause, um diese nächtens mit ihrer Schreibmaschine weiter zu bearbeiten. Für die Gefühlswelt des Buben war in diesem Setting wenig Platz. Dabei litt »der Bua vom Polizisten« früh darunter, dass er »immer parieren musste«. Und er bekam es mit der Angst zu tun, als sich die Rechtsextremen der 1970er-Jahre für die konsequente Ermittlungstätigkeit seines Vaters rächten: »Mit Sprayer-Attacken an unserer Wohnungstür.«

Er habe damals auch befürchtet, »dass mich die Eltern in ein Heim stecken«, erinnert sich Färber junior, der auf den vergilbten Fotos fragil wirkt. Seine Furcht war berechtigt: Nach der Volksschule muss er in den Wiener Bundeskonvikt einrücken. Dort erlebt er die prägendsten Jahre seines Lebens: »Eine Folter, die ich keinem anderen Menschen wünsche.«

Die Zombies haben leichtes Spiel mit ihm, vor allem, als sie herausfinden, dass die Eltern den Beschwerden ihres Opfers keinen Glauben schenken. »Vier Jahre lang habe ich gehofft, dass ich aus diesem Käfig ausbrechen kann.« Vergeblich. Mit perfiden Nachrichten werden Vater und Mutter in ihrem guten Glauben gelassen. In einer besonders ekelhaften »Heimnachricht« vermerken sie über ihr schutzloses Opfer: »Lässt sich leicht führen und ist in allen ihn persönlich betreffenden Weisungen offen und empfänglich.«

Wenn ihn heute wieder einer verächtlich als »Sozialschmarotzer« abtut, schmettert ihm der Boxer diesen einen Satz entgegen: »Du hast ja keine Ahnung, wie das ist, wenn sie dich …«

Vier Jahre können lang sein. Im Käfig des Bundeskonvikts beim Prater wächst ein Kämpfer heran, der sich in der vierten Klasse Gymnasium schon so weit wehren kann, dass die Erzieher von ihm ablassen, aus Angst vor seinen schnellen Fäusten. Sie rächen sich dann auf ihre Art – mit schlechten Noten, die sie dem plötzlich Widerspenstigen in sein Zeugnis eintragen. »Für mich war das jedoch eine Befreiung.«

Draußen in der Freiheit bekam der Erste, der einen Schwächeren malträtierte, vom Färber-Buam »eine in die Gosch'n«. Bald auch der eigene Vater, die Mods und Popper, die zu jener Zeit den Donnerbrunnen neben der Kärntner Straße umstellten, unfaire Austria- und Rapid-Hooligans sowie herablassende Besucher der Diskothek U4. »Sobald ein Schwächerer von mehreren in die Mangel genommen wurde, kippte bei mir ein Schalter im Gehirn.«

Und es floss Blut. »Doch das war nicht ich«, bittet der mehrfach Missbrauchte um Verständnis. »Ich bin kein schlechter Mensch.«

Nach der Externisten-Matura und seinem Freiwilligeneinsatz als Soldat auf dem Golan begann sich Färber durchs Leben zu schlagen und zu schlängeln. Die Fotos auf dem Tisch zeigen einen jungen Playboy, umgeben von schönen Frauen, illustren Menschen bis hin zu Falco, Hansi Lang oder den Wiener Automaten-König Ferry Ebert. Geld war für ihn, der heute mit ganz wenig auskommen muss, jahrelang kein Problem. Er hat es gehabt.

Was jedoch keiner aus der feinen Wiener Gesellschaft mitbekommen hat: »Dass ich ständig zu Ärzten rannte und diese verzweifelt um Hilfe bat.« Doch alle Werte waren in Ordnung, und zum Zustand seiner schwer verletzten Psyche wollte oder konnte kein einziger Doktor-Professor etwas Genaueres sagen.

Beim Hervorkramen der Fotos wird auch das Wort »Ehre« sichtbar, das sich Walter Färber in seinen kräftigen Handrücken eintätowieren ließ. Auch deshalb, weil man ihm seine Ehre früh im Leben gestohlen hat. So wurde er zu einem Getriebenen, selbst dort, »wo ich in Goldenen Käfigen saß«. Auf der Flucht vor sich selbst schlüpfte er in verschiedene Rollen. Spielte seiner Umwelt und auch sich ständig etwas vor (»ich war immer ein anderer und nur ganz selten ich selbst«). War überall auf der Hut (»was mir enorm viel Energie kostete«). Suchte lange nach seinem Platz in der Gesellschaft (»viel zu lange vergeblich«).

Die Scheidung von der Mutter seiner beiden Töchter, einer wunderschönen Frau aus Polen, habe ihm dann fast »das G'nack gebrochen«. Um den Schlag zu verkraften, griff er zu Drogen: »Viel Koks, viel Alkohol.« Der Handel mit illegalen Substanzen brachte ihn ins Gefängnis, die Haft jedoch nicht zur Besinnung.

Im Gegenteil. Nach dem Freigang zog es ihn für zehn Jahre nach Köln, wo man im Rotlicht-Milieu heute noch mit einigem Respekt vom »Wiener Walter« spricht.

Es ist an der Zeit, den Walter wieder in Ruhe zu lassen. Seine Hunde scharren schon länger hinter den Türen. Wollen mit dem Boxer Gassi gehen. Am späten Nachmittag wird sich ihr Herrl niederlegen, damit er mit ihnen in der Nacht erneut seine Runden durch die Donaustadt drehen kann. So gegen 6 Uhr in der Früh wird er seinen geschundenen Körper wieder im Fitnesscenter frei machen. Und man wird in der Umkleidekabine seine jüngste Narbe sehen, die sich wie der Reißverschluss einer Jacke vom Hals bis zum Bauchnabel zieht.

Heute arbeitet Walter Färber nicht mehr manisch gegen, sondern geläutert für seine Gesundheit. Er hat aus den Niederlagen in seinem Leben gelernt. Der Psychologe vom Weißen Ring, Ärzte, seine besten Freunde haben ihm dabei geholfen. Es fehlt jetzt nicht mehr viel, dass dieser Mann, der lange gelitten hat, endlich seinen Frieden finden kann. Dazu benötigt er allerdings auch die Republik, die ihm nachweislich mehr als einen Festakt, schöne Worte und ein bisschen Kosmetik schuldet.

1220

DER GHETTO-NEUROTIKER

auf der 12er-Stiege

Mario Lučić bringt in seinem ersten Kabarettprogramm den von ihm geschätzten Rennbahnweg auf die Bühne.

Jebem ti krvavi semafor! Wenn Mario Lučić die kraftausdrucksstarke Echauffierung seines Vaters beim Autofahren auf der Bühne wiedergibt, im kroatischen Originalton zuerst, lacht ein Teil des Publikums sofort, der andere Teil erst, wenn er für ihn den väterlichen Fluch ins Deutsche übersetzt hat: Ich ficke dich, du blutige Ampel!

Der 27-jährige Wiener mit Nicht-Wiener-Wurzeln hat den Titel, der an Woody Allen erinnert, für sein erstes Kabarettprogramm nicht zufällig gewählt: Als »Ghettoneurotiker« nimmt er sich auf den Wiener Kleinkunst-Bühnen kein Blatt vor den Mund. Er kommt aus der Tiefe der Stadt, vom Rand der Metropole, vom Rennbahnweg hinter dem Kagraner Platz. Wir treffen uns daher in der Nähe seiner elterlichen Wohnung, an einem Freitagvormittag, in einem Wettcafé nahe der U-Bahn-Station.

Bis heute ist der Rennbahnweg der Kevin unter den Wiener Wohnhausanlagen: ein Synonym für den konfliktgeladenen

Plattenbau Wiener Prägung, für soziale Benachteiligung und vor allem bildungsferne BewohnerInnen. Zu Unrecht, wie der Insider der riesigen Anlage (59 Stiegen, 2424 Wohnungen für 7000 Menschen) betont. Denn die Ära der banlieuartigen Zustände, in der kein öffentliches Verkehrsmittel hier vorbeifuhr, dafür die Wiener Polizei täglich um Hilfe gerufen wurde, als öfter eine Nase blutete, die Sozialarbeiter ratlos und die Fernsehreporter betroffen dreinschauten, sei schon lange vorbei.

Lučić bestellt im Wettcafé eine Melange. Kava s mlijekom, wie man bei ihm zu Hause sagt. »Ich bin schon dritte Generation«, erzählt der 1,90-Meter-Mann dann über sich. Seine Großväter waren klassische »gastarbajteri«. Sie kamen Ende der 1960er-Jahre aus kleinen kroatisch geprägten Dörfern in der Nähe der bosnischen Grenzstadt Brčko nach Wien, auf Einladung der Republik Österreich, die für den Aufbau ihrer Wohlstandszone noch dringend helfende Hände benötigte. Dass diese Hände auch ein Hirn und ein Herz besaßen, davon wollten die damals Verantwortlichen nichts wissen.

»Meine Eltern lernten sich bereits in Wien kennen«, erzählt der Junior. Groß muss die Überraschung für seinen Vater und seine Mutter gewesen sein, als sie entdecken, dass ihre Väter nicht nur Landsleute aus dem ehemaligen Jugoslawien, sondern auch Arbeitskollegen auf Wiener Baustellen sind.

Die städtische Großwohnsiedlung am Rennbahnweg ist eine Landmark der 1970er-Jahre, im Norden von Wien. Sie erstreckt sich von der Wagramer Straße bis zum Hugo-Wiener-Weg und vom Rennbahnweg bis zur Lieblgasse. Sie wurde in den Jahren 1973 bis 1977 errichtet, in einer Zeit, als man im Wiener Rathaus noch der

Meinung war, dass man die Stadt für das Automobil erschließen kann, und sich der Rest dann schon von selbst fügen werde.

Und teilweise fügte es sich ja auch: Der junge Bewohner war acht Jahre alt, als er zum ersten Mal diese in Beton gegossene Stadt in der Vorstadt betrat. Er erinnert sich daran, dass seine Eltern damals eine für die Familie richtungsweisende Entscheidung treffen mussten. Zur Wahl standen nicht Villenviertel in Hietzing oder Döbling, sondern: »Schöpfwerk oder Rennbahnweg.« Er betrat die weit verzweigte, hoch geschossene Wohnburg mit den vielen uniformen Fenstern, Türen und Balkonen als Kind. Sie musste auf ihn damals noch weitaus größer wirken als sie tatsächlich ist. Sein erster Besuch mit den Eltern hat ihn jedenfalls nachhaltig beeindruckt: »Ich hatte so eine große Siedlung zuvor nie gesehen. Das war für mich eine komplett neue Welt.«

Doch die Burg mit ihren grünen Freiräumen im Inneren bot dem heranwachsenden Mario schnell Sicherheit. Während auf den Fernsehschirmen des Wettcafés Pferderennen laufen, erklärt er über den Rennbahnweg: »Ich hatte meine Freunde, und alles, was man als Kind zum Leben braucht: andere Kinder, Spielplätze, Grünflächen.« Seinen Namen verdankt der Rennbahnweg übrigens der Tatsache, dass auf diesem Areal früher einmal der Wiener Trabrennverein aktiv war. Vor der Errichtung der Wohnstadt wurden hier, auf den sogenannten Trabrenngründen, Rennpferde gehalten und trainiert.

In der Schule bemerkte Lučić diesen feinen Unterschied, den man in Wien zu hören und noch mehr zu spüren bekommt: Lučić, Lukić, Lukits oder wie der heißt, das ist wohl eher keiner für unsere österreichische Matura.

Doch der falsch An- und Ausgesprochene wirkt nicht enttäuscht. Nimmt viel mehr die vorhandene negative Energie auf und verwandelt sie in positive: Lučić, Lukić, Lukits – im Kabarett gelingt es ihm, die Lacher am Ende auf seine Seite zu bringen. Indem er eine wenig empathische Krankenschwester zitiert, die buchstäblich über seinen Namen stolpern wollte. Den Namen, den er auf ihrem Namensschild liest, lässt er sich am Ende jedoch auf der Zunge zergehen: Stanković.

Mit 16 verließ Lučić das Gymnasium, um eine Lehre zum Einzelhandelskaufmann zu beginnen. Die Lehre hat er auch abgeschlossen. Doch nach den Monaten beim Zivildienst geriet für ihn die reale Welt als kleiner Verkäufer in einem großen Möbelhaus irgendwie aus den Fugen: »Ich habe für mich erkannt, dass ich dort nicht hinpasse, dass das nicht das Richtige für mich ist.« Seine Chefs dürften das auch erkannt haben und setzten ihn prompt auf die Kündigungsliste. Der Geschaßte nimmt ihnen das heute nicht übel: »Ich war damals wirklich ein fauler Sack.«

Er war dann längere Zeit arbeits- und ratlos, begab sich auf die Suche nach seinem Platz in dieser Stadt, in dieser Welt, abseits des nahe gelegenen Wettcafés. Dass dem Kabarett seine Leidenschaft gehört, entdeckte er im Jahr 2014. Sein Talent als Entertainer hat Lučić schon als Kind aufblitzen lassen: »Ich habe meine Verwandten immer genau beobachtet, um sie nachahmen zu können. Was für Heiterkeit in der Familie gesorgt hat.«

Der Humor, den er auf der Bühne zur Schau stellt, basiert auf einer feinen bosnischen Tradition, die Gemeinsamkeiten mit dem jüdischem Witz aufweist: Menschen, die sich selbst nicht immer bierernst nehmen, können auch über sich selbst lachen, benötigen daher nicht zwangsläufig andere, um sich auf deren Kosten lustig zu machen. Der Involvierte geht daher auch mit Seinesgleichen, den Menschen im Gemeindebau und den »Balkanesen«, pointiert ins Gericht: »Da gibt es für mich kein Tabu. Ich bin gerade heraus, so wie meine Mutter.«

Sein großes Vorbild heißt übrigens Josef Hader. Angetan hat es ihm Haders kollegialer Umgang mit jüngeren KollegInnen: »Für mich ist er ein Genie.« Deutsche Comedy-Stars langweilen ihn hingegen. Auch deshalb, weil oft die »politisch korrekte« Spaßbremse in ihren Programmen gezogen werden muss. Jebem ti krvavi semafor! Lučić nennt es sein Glück: »In Bosnien legen die Menschen nicht jedes Wort auf die Waagschale.«

Sein Publikum ist inzwischen bunt gemischt, das Gros ist in seinem Alter. Stolz sagt er: »Gut 25.000 Fans folgen mir auf Facebook, unter ihnen 10.000 aus Wien.« Kaum eine/r kommt übrigens vom Rennbahnweg. Er weiß das. Er kennt NachbarInnen, die den ganzen Tag eine Jogginghose tragen und ihren Bau so gut wie nie verlassen. Seinen großen Traum beschreibt der Senkrechtstarter indes so: »Ich möchte einmal vor ausverkauftem Haus in der Stadthalle spielen. Ich weiß, dass es bis dorthin ein weiter Weg ist. Aber ich werde das schaffen.«

In seinen Kabarettprogrammen geht er nicht nur auf das Leben im »Ghetto« ein, sondern auch auf den subtilen Rassismus auf Wiener Ämtern, so wie er ihn erlebt, oder wie ihn seine besten Freunde erleben: »Lustigerweise sind das zwei Türken, ein Syrer und ein Ägypter.« Apropos Identität: Lučić selbst sieht sich zu

100 Prozent als Österreicher: »Die Heimat meiner Eltern mag ich sehr, dorthin fahre ich gerne im Sommer, um meine Familie zu besuchen, aber dort fühle ich mich nicht zu Hause. Zu Hause bin in in Wien, in der Donaustadt, genauer gesagt am Rennbahnweg 27.«

Seit eineinhalb Jahren ist er auch Besitzer eines Vormerkscheins. Gespannt wartet er seither darauf, dass ihm Wiener Wohnen eine eigene Gemeindebauwohnung zuweist. Er hat sich diesbezüglich ein klar strukturiertes Ranking zurechtgezimmert: »Ganz ehrlich, ich ziehe überall hin, aber am liebsten würde ich im Bezirk und am allerliebsten am Rennbahnweg bleiben. Ich mag die Menschen, die hier wohnen. Die sich Sorgen machen, wenn du krank bist, und die dir auch ihre Hilfe anbieten.« Die hochgezogenen Nasenflügel jener Leute, die den Gemeindebau nur vom Hörensagen oder aus trashigen Fernsehserien kennen, kann er daher nicht nachvollziehen.

Schon Mittag, Zeit zum Heimgehen. Die Arbeit ruft. Der Kabarettist möchte heute noch ein Video schneiden und in den sozialen Medien publik machen. Er ist nebenbei sein eigener Agent. Der Weg ist wie gesagt ein weiter, vom Rennbahnweg auf der linken Seite der Donau, in Transdanubien, hinein in die Stadt und hinauf zum Wiener Event-Olymp, der Stadthalle am Vogelweidplatz.

1.23.0

… UND EIN POTPOURRI

von Stiege 8/Tür 7

Selbe Stiege, selbe Tür, anderer Bau, anderes Milieu: Über Menschen mit der fast identen Wohnadresse.

»Stiege 8/Tür 7. Homestorys aus dem Wiener Gemeindebau.« So lautet der Titel eines Erzählbands, der im Herbst 2014 erschienen ist (siehe Literaturliste) und das Fundament für dieses Buch bildet. Erzählt wird darin vom prallen Leben im Gemeindebau. Die Homestorys basieren auf persönlichen Erfahrungen, die der Autor in knapp fünfzig Jahren gesammelt hat. Acht Strich sieben: Diese Zahlenkombination in der Postanschrift ist in Wien keine Seltenheit. Wir haben Gemeindebauten in den Bezirken 10, 13, 21 und 23 aufgesucht, dort die 8er-Stiege anvisiert und bei Tür Nr. 7 angeläutet, um mit den MieterInnen ins Gespräch zu kommen. So entstand diese abschließende 23. Story.

HERR WOLDAN

Ein letzter Blick in sein Kinderzimmer, dann überprüft er noch einmal, ob überall das Licht abgedreht ist. Abschied von Stiege 8/Tür 7, für immer. Kurz, schmerzlos. **Martin Woldan**, Professor für »Körperlichen Ausdruck« an der Kunstuniversität Graz und immer wieder an den großen Wiener Theaterhäusern als Bewegungschoreograph gebucht, hat gute Gründe dafür, die Wohnung seiner Kindheit und Jugend aufzugeben: »Meine Mutter ist vor kurzem in ein Pensionisten-Wohnhaus übersiedelt, ich selbst wohne mit meiner Frau und meinem Sohn schon seit Längerem in einer schönen Eigentumswohnung.« Zurück bleibt kein Raum für Sentimentalität. Woldan sagt: »Wirklich verwurzelt war ich im Gemeindebau nie.«

Das Café Dommayer liegt quasi ums Eck – und war in seiner Erinnerung doch immer unerreichbar für eine Familie, die zwar eine sozialdemokratische Aufstiegsgeschichte repräsentiert, aber mehr zum Adel des Proletariats denn zu den Spitzen der bürgerlichen Hietzinger Gesellschaft gezählt werden konnte bzw. wollte. Ihm selbst gelang es, die gläserne Decke des Gemeindebaus zu durchbrechen. Herr Ober, bitte eine Melange!

Martin Woldan wurde in den 1970er-Jahren im Roten Wien sozialisiert. Im Seinitz-Hof. ERRICHTET VON DER GEMEINDE WIEN IN DEN JAHREN 1952 BIS 1955. Dieser Gemeindebau war eine Art Außenstelle, wurde er doch von den Stadtplanungsstrategen der Sozialdemokratie bewusst in politisches Feindesland eingebaut. Auf den beiden Grundstücken zwischen der Auhofstraße und dem Hietzinger Kai wirkt der abgewohnte Bau bis heute wie ein leicht schmuddeliger, zart abgehauster roter Kontraort in einer tiefschwarzen Kernzone.

Dank der Politik von Bruno Kreisky konnten auch Nicht-Eliten-Kinder wie Martin Woldan ein Gymnasium besuchen und ein Studium absolvieren. Auch Judo stand ihm offen, auf der Matte erlernte er ein spezielles Körper- und Bewegungsgefühl, das ihm für seine Arbeit am Theater heute noch dienlich ist. Die Liebe zum Schauspiel basiert wiederum auf den Interessen und Ambitionen seiner Eltern. Früh durfte er die historische Bibliothek seines Vaters kennen und schätzen lernen. Ebenso früh ebnete ihm seine Mutter den Weg in eine fabelhafte Welt, in erster Linie, weil sich gut inszenierte Theaterbesuche in den etwas besseren Kreisen nun einmal geziemten.

Weniger gehörte es sich aus der Sicht seiner Mutter, die aus einer kleinbürgerlichen Meidlinger Handwerkerfamilie stammte, mit den anderen Gemeindebaukindern zu spielen. Martin Woldan erzählt, dass seine Schwester und er die Gratis-Erlebniswelt unten im Hof nie kennengelernt haben. »Vielleicht lag das auch daran, dass man die Stiege 8 mit wenigen Schritten von der Auhofstraße betreten konnte. Ich musste daher nie durch den Hof gehen«, rätselt er heute. Und seine persönlichen Interessen, die Judo-Matten, das Gymnasium, die Heimaten seiner Schulfreunde, lagen drüben im 14. Bezirk, außerhalb der roten Hietzinger Enklave.

»Einmal im Jahr besuchte uns eine Dame von der SPÖ«, erinnert sich Woldan. »Um den Mitgliedsbeitrag zu kassieren.« Sonst sind seine Bilder aus dem Roten Wien blass wie alte Zeitungsausschnitte oder unterbelichtete Schwarz-Weiß-Fotografien. Dann fällt ihm ein: »Die Mutter hat sich oft über dies oder das in der Wohnung beschwert. Immer mit dem Zusatz, dass die Gemeindebauten schlecht gebaut wurden.« Der Verweis auf den Mangel hatte zu tun mit ihrem Unmut über eine nicht standesgemäße Wohnsituation: »Das war in ihr drinnen.«

Das Ausräumen der Wohnung hat ihm noch einmal die Möglichkeit eingeräumt, an den Beginn seiner Biografie zu gelangen. Der Akademiker, der in Graz an der zweitgrößten Kunstuniversität Europas unterrichtet, geht davon aus, dass er das Haus seiner Kindheit nicht mehr betreten wird. Keine Trauer, auch keine Erleichterung. Mit der letzten Umdrehung des Schlüssels endet eine Familienepisode im Wiener Gemeindebau. Die Woldans, 71 bis 17, immerhin 46 Jahre lang.

FRAU GWANDNER

Ihr Vater starb, als **Erika Gwandner** dreieinhalb Jahre alt war. Er hatte drei Schlaganfälle hinter sich und war hilflos. Ihre Mutter hat ihr später erzählt, dass die kleine Erika ihn immer mit dem Löffel gefüttert und ihm die Schuhe angezogen hat. »Er war ein wichtiger Mensch für mich«, sagt Frau Gwandner. Sie hat ihr Leben lang anderen Menschen gerne geholfen.

Frau Gwandner wohnt ebenfalls auf Stiege 8/Tür 7, in einem Gemeindebau in der Gußriegelstraße im 10. Bezirk. ERRICHTET VON DER GEMEINDE WIEN IN DEN JAHREN 1957 BIS 1959. Ihre Wohnung im zweiten Stock eines viergeschossigen Baus misst 60 Quadratmeter. Sie lebt allein, der Sohn ist nach Baden gezogen.

Die 59-Jährige hat Einzelhandelskauffrau gelernt. Später arbeitete sie bei einem Industriebetrieb am Fließband, dann 13 Jahre lang als Heimhilfe. Da konnte sie ihrer Berufung folgen, anderen Menschen zu helfen. »Ich habe diesen Beruf geliebt«, sagt Frau Gwandner. Sie betreute alte und kranke Menschen. Das liege ihr einfach: »Wenn man am Abend weg geht, und man lässt zufriedene Menschen zurück – es gibt nichts Befriedigenderes.« Sie konnte viel mit den ihr anvertrauten Menschen reden, bekam einen tiefen Einblick in so manches Leben. Die Arbeit war anstrengend, aber gleichzeitig unsagbar schön, manchmal auch gefährlich. Ein älterer, nach einem Unfall traumatisierter Mann hat sie einmal gewürgt. Er war als aggressiver Patient bekannt, Frau Gwandner ließ er lange Zeit als Einzige in seine Nähe.

Eine schwere Krankheit zwang ihr dann selbst eine Serie von Operationen auf, insgesamt waren es 14. Sie musste den geliebten Beruf aufgeben. Vier Jahre lang war sie durchgehend krank. Eine schwere Zeit. Sie hat zwar Freunde und Freundinnen, aber die wohnen teils weiter weg. »Ich will niemandem auf die Nerven gehen«, sagt die aus der Bahn Geworfene. Nur im äußersten Notfall bittet sie um Hilfe. Dann gebe es schon Menschen in ihrer Nähe, auf die sie sich verlassen kann.

Frau Gwandner musste um Mindestsicherung ansuchen, nach Abzug der Miete blieben ihr gerade einmal 200 Euro im Monat zum Leben. Als wir uns treffen, geht es ihr gesundheitlich wieder gut. Sie hat Arbeit als Reinigungskraft gefunden, und in ein paar Monaten kann sie ihre Pension antreten. Darauf freut sie sich, sie lacht hell auf, als sie davon erzählt. Dann will sie, wenn es das Budget erlaubt, endlich wieder einmal ein wenig reisen: Griechenland, Italien und Spanien gefallen ihr gut, da würde sie in der Vor- und Nachsaison gerne hinfahren, wenn Flüge und Hotels preiswerter sind. Zum Beispiel auf die malerische Vulkaninsel Santorin, von der sie schon länger träumt. Einmal hat sie schon eine Kreuzfahrt quer über den Atlantik unternommen, von Genua bis Buenos Aires. Das hat ihr nicht so gut gefallen. »Wenn ich gar kein Land sehe, und das tagelang, macht mir das Stress.«

Beim Reisen wird es nicht bleiben. Sie geht gerne schwimmen, im Winter sucht sie dafür ein Hallenbad auf. Früher unternahm sie auch ausgedehnte Radtouren, heute begnügt sie sich aus gesundheitlichen Gründen mit einem Heimtrainer. Von dem kann sie jederzeit absteigen, falls sie Schmerzen hat. Sie möchte sich auch karitativ engagieren, vielleicht in einer Suppenküche: »Nur daheim sitzen, das bin ich nicht, das will ich nicht, denn dann kommt die Leere, das ist unangenehm.«

Mit ihrer Wohnung ist sie zufrieden, alle Fenster schauen ins Grüne. Wie vielen MieterInnen im Gemeindebau macht auch ihr der Lärm, den die NachbarInnen verursachen, manchmal zu schaffen. »Die Leute«, sagt sie dann, »sind auch ein wenig schlampig geworden, was die Sauberkeit betrifft.« Aber das sei ja überall so und nichts Neues. Mit ihrer Nachbarin ist sie befreundet, »aber die zieht leider aus, in eine größere Wohnung«. Frau Gwandner kennt auch eine junge Frau im Gemeindebau, die ein Drogenproblem hat. Sie kommt gelegentlich auf eine Zigarette, auf sie hat sie auch ein Auge. Tabak ist nicht nur schädlich, er hat auch eine integrative Funktion.

Frau Gwandner raucht ganz gerne. Und sie mag Menschen. »Wenn ich noch einmal leben würde, wäre ich gerne Ärztin oder Psychologin.« Oder Kriminalbeamtin, denn dann könnte sie auch ergründen, wie es in Menschen aussieht. Abgründe gehören zum Menschlichen dazu, findet sie. Menschen interessieren sie einfach, »da bin ich sehr neugierig, da werde ich nie satt«.

FRAU BAUER

Ihr Kaffee mit der geschäumten Milch ist ein Gedicht. Damit kann man es am Vormittag schon längere Zeit aushalten. Wir sitzen am schönsten Ort in ihrer Wohnung: am Esstisch neben der Küche. Hinter ihrem Rücken steigt langsam die Sonne über dem Marchfeld höher. Vor ihr steht ein Kaffeehäferl und beschattet die abonnierte Zeitung.

Eva Bauer wohnt seit dem Jahr 1995 in einer 72 Quadratmeter großen Wohnung mit Loggia, in einem der jüngsten Gemeindebauten der Stadt. ERRICHTET VON DER GEMEINDE WIEN IN DEN JAHREN 1993 BIS 1995.

Von ihrem Fenster kann sie die Brunner Straße sehen. Die 61-jährige Mieterin von Stiege 8/Tür 7 hat ihr ganzes Leben brav gearbeitet, heute genießt sie ihren Ruhestand. Ruhestand bedeutet für Frau Bauer aber nicht Nichtstun. Ihre Wohnung ist aufgeräumt, sauber, die Hausaufgaben sind gemacht. Sie freut sich, dass ihr Schaumkaffee ihren Gästen mundet. Dann erzählt sie munter: »Das hier ist meine erste und gleichzeitig auch meine letzte Gemeindebauwohnung.«

Sie wurde am 14. Juni 1955 in Stockerau geboren, ist dort zur Schule gegangen, auch aufgewachsen. Die Eltern waren Vorbilder für sie, fleißige Leute. Der Vater hat in der Gießerei der Maschinenfabrik Haid gearbeitet, die Mutter, eine gelernte Schneiderin, war mit der Betreuung ihrer fünf Kinder ausreichend beschäftigt.

»Ich wollte Köchin werden«, erzählt die Mieterin von ihrem Mädchentraum. Doch das war zu Beginn der 1970er-Jahre noch so gut wie unmöglich: »Kein Wirt wollte damals junge Köchinnen ausbilden.« Sie ging daher in die Fabrik, wie so viele. Und sie war 36, als ihre Tochter zur Welt kam. Eva Bauer freut sich: »Sie wohnt heute auch in einer Gemeindebauwohnung.«

Bis zu ihrer Pensionierung hat sie 41 Jahre lang gearbeitet: als junge Frau beim Schnittenhersteller Auer in Leobendorf und beim traditionsreichen Schokobananen- und Schokokugelhersteller Casali in Favoriten; 36 Jahre lang war sie dann Abteilungshelferin im Wiener AKH. Die Arbeit im Krankenhaus war für sie »mehrheitlich eine schöne Zeit«. Stolz sagt sie: »Ich bin eine, die anpackt. Zuschauen ist nicht meins.« Nach ihrer Pensionierung im Jahr 2012 konnte sie mit gutem Gefühl einen Schlussstrich ziehen: »Im Spital waren die Patienten nicht froh, als ich mich verabschiedet habe.«

Wenn man in Stockerau aufwächst, steht eine Wohnung im Wiener Gemeindebau nicht oben auf der Liste der anzustrebenden Lebensziele. Umso bemerkenswerter ist die positive Bilanz der Zugezogenen: »Die Miete ist für mich leistbar.« Und auch mit der Infrastruktur ist sie zufrieden: »Stockerau ist gewiss eine schöne Stadt. Aber hier habe ich alles, was ich brauche, vor der Haustür, auch die Straßenbahn. Und ich wohne trotzdem im Grünen.«

Wenn Eva Bauer ihren Blick durch das andere Küchenfenster in Richtung Nordwesten richtet, sieht sie bis Stammersdorf und dahinter den Bisamberg. Mit einem Gefühl, das auch Geborgenheit ausdrückt, sagt sie: »Am Abend ist der Kirchturm beleuchtet. Was für eine Verbesserung! Mein Mann und ich haben zuvor im zweiten Bezirk gewohnt, dort haben wir aus dem Fenster auf eine graue Hausmauer geschaut. Und der Hauseigentümer hat uns auch nicht in Frieden gelassen.«

Auch mit ihren NachbarInnen kommt sie gut aus: »Wir sind 13 Parteien auf der Stiege. Die meisten sind mit mir eingezogen, ganz am Anfang. Würde ich Hilfe brauchen, wäre sicher jemand da für mich.« Ihre Lebenseinstellung hat ihr nicht nur im Beruf geholfen, er hilft auch im Haus: »Ich akzeptiere jeden so, wie er ist.«

Die Liebe zum Kochen und Backen ist ihr bis heute geblieben. Als Hobby. Weitere Hobbies: »Handarbeiten und fernschauen, spazieren gehen und den Kindern helfen. Ab und zu gehe ich mit meiner Tochter ins Kino.« Zwanzig Paar Socken strickt sie zurzeit. »Für die Mitarbeiterinnen der Kuranstalt, die mich so nett betreut haben.«

Urlaub macht sie »auf Balkonien«. Nach Abzug der monatlichen Fixkosten bleiben ihr 300 Euro zum Leben. Da gehen sich keine weiten Flüge aus. Doch Frau Bauer stört das nicht. Lieber betont sie, dass es so wie es ist gut ist. Eine fixe Größe in ihrem Bau sei auch ihre Hausmeisterin: »Unser Stiegenhaus ist immer sauber. Und wenn einmal das Licht ausfällt oder wenn man ein anderes Problem hat, kommt sie sofort. Sie ist mit uns eingezogen. Man kennt sich also schon lange, auch das gibt Sicherheit.«

Auf die Frage, was weniger gut ist, sagt sie ohne Umschweife: »Dass man bei Wiener Wohnen fünf Mal anrufen muss, bis jemand kommt, der das bereits modernde Wohnzimmerfenster oder den kaputten Stromzähler austauscht. Man sollte mehr auf uns eingehen. Es ist nicht alles so rosig, wie gerne gesagt wird. Es ist aber bei Weitem nicht so schlimm, wie oft kritisiert wird.«

HERR PISCHOUNIG

Hermann Pischounig ist ein ruhiger, ja bedächtiger Mann. Keiner, der sein Herz auf der Zunge trägt. Er dreht und wendet eher seine Gedanken, bevor er sie auf den Gesprächspartner loslässt. Und worüber Herr Pischounig nicht reden kann, darüber schweigt er lieber. Sein Leben lang hat er Maschinen gewartet. Und wenn er sie nicht gewartet hat, hat er sie Nachwuchstechnikern erklärt. Maschinen verzeihen keine Hektik, sie verlangen nach Überblick, Planung, Knowhow.

Herr Pischounig wohnt in einem Gemeindebau am Ende der Gutheil-Schoder-Gasse, in Liesing. ERRICHTET VON DER GEMEINDE WIEN IN DEN JAHREN 1958 BIS 1960. Seine Wohnung, ein sogenannter Einzelraum mit Balkon, misst 27 Quadratmeter. Assoziationen an eine Zelle sind statthaft. Vieles muss darin Platz finden, das Geschirr für die Kochnische, das Bett, der Computer, der Schrank. Und sein Werkzeug. Der Computer steht auf einem zweiflügeligen Klapptisch, aber die Flügel kann er nicht aufklappen. Zu wenig Platz. Pischounig, sein Name lässt es erahnen: er stammt aus Kärnten. Man hört ihm das aber nicht mehr an. In den 1970er-Jahren kam der heute 68-jährige nach Wien, der Arbeit wegen. Der gelernte Landmaschinenmechaniker war beim Lebensmittel-Produzenten Inzersdorfer für die Reparatur und Wartung des Maschinenparks zuständig. Pischounig absolvierte eine zweijährige Werkmeisterschule. Danach wurden ihm die Abende lang, und er holte in der Abendschule noch den HTL-Abschluss für Maschinenbau nach.

»Sie sind also Ingenieur?«

»Ja, aber ich gebe nicht so viel auf Titel.«

Nach dem Verkauf des Familienbetriebs sperrte das Werk in Inzersdorf über Nacht zu, und Herr Pischounig musste seine Dienstwohnung räumen. Die Gemeinde Wien gestand ihm damals diesen Einzelraum zu. Nachdem dieser im 23. Bezirk lag, in dem er sich heimisch fühlte, akzeptierte er den Vorschlag und zog 1990 ein. Später fand er Arbeit als Ausbildner beim Berufsförderungsinstitut bfi. Mit 65 ging er in Pension, seitdem ist er nicht mehr so glücklich mit seiner Zelle.

»Davor kam ich ja nur heim zum Schlafen.« Jetzt aber ist er gewissermaßen zum Wohnen verdammt. Und da kann es einem hier schon eng werden. Im Winter ist die Enge schlimmer als im Sommer. Gelegentliche Fluchten zu seiner Freundin und längere Ausfahrten in seine alte Heimat Kärnten dienen ihm als willkommene Abwechslung.

Das eine oder andere Handicap gibt es im Gemeindebau auch, erklärt der Zellenbewohner. Er nennt als Beispiel eine Nachbarin, die ganz gerne um 1 Uhr in der Früh Lieder schmettert. Schmettert! Nicht singt. Der Schall hat es nicht weit zu seinem Ohr, die zehn

Zentimeter dünnen Trennwände können die nächtliche Ruhestörung nicht wirklich aufhalten.

Herr Pischounig trägt sich mit dem Gedanken, die Wohnung zu wechseln. Nicht wegen der Lärmbelästigung, die könnte er verkraften. Er mag die Gegend ganz gerne: »Es gibt relativ viel Grün, die Anlage ist nicht schlecht.« Er hat auch, da er in der Pension öfter im Straßenbild auftaucht, neue Bekanntschaften geschlossen. Und er mag den 23. Bezirk, hier hat er die meiste Zeit gelebt, hier kennt er sich aus. Außerdem liegt Liesing bekanntlich besonders nah an Kärnten. »Man muss nicht durch die ganze Stadt fahren.« Allerdings: »Ein Zimmer oder gar eineinhalb mehr wären ideal.«

Vor kurzem hat er sich einen Neuwagen gekauft – zum ersten Mal in seinem Leben. Allerdings ist seine linke Schulter so stark lädiert, dass ihm manchmal allein schon das Halten des Lenkrads Schmerzen bereitet. Er hat eine Serie von Therapien hinter sich: Doch weder Strom noch Ultraschall noch Stoßwellen vermochten bisher den Kalk in seiner Schulter zu lösen. Jetzt denkt er an Operation.

»Und sonst, Herr Pischounig, haben Sie Hobbys?«

»Nein, eigentlich nicht.«

»Spielen Sie Karten?«

»Ja, aber da komme ich auch in der Pension nicht so oft dazu.«

»Aber Sie schrauben und reparieren gerne?«

»Ja, das schon. Ich halte auch mein Motorrad gerne selber in Schuss.«

Der Herr Pischounig ist also einer jener Flitzer in Leder, die sich mit ihren Zweirädern gerne in die Kurve legen. Ein »Ha!«

entschlüpft dem Interviewer, jetzt hat er seinem Gesprächspartner doch noch etwas entlockt. Übrigens liest Herr Pischounig auch ganz gerne. Zum Interview hat er eigens ein zerlesenes Exemplar von »Stiege 8/Tür 7« mitgebracht.

INTERVIEWS

BAU-GESCHICHTE

Klaus-Jürgen Bauer über den Jazz und die jüdischen Einflüsse auf den kommunalen Wohnungsbau.

Der Experte für Architektur und Architekturgeschichte ging nach dem Studium an der Wiener Hochschule für angewandte Kunst nach Weimar. Dort durfte Klaus-Jürgen Bauer als Wissenschaftlicher Mitarbeiter für Architekturtheorie mithelfen, die renommierte Bauhaus-Universität nach dem Fall der Berliner Mauer neu auszurichten. Heute lebt und arbeitet Bauer als Architekt, Architekturkritiker und »Fassadenleser« in Eisenstadt, Wien und der weiten Welt.

Wenn man den Anfängen des Sozialen Wohnbaus in Wien begegnen möchte, wo könnte man beginnen?

Am Puchsbaumplatz in Favoriten. Der Puchsbaumplatz liegt nicht im Zentrum der Wiener Aufmerksamkeit. Es ist kein touristischer Ort. Auch viele WienerInnen werden nicht auf Anhieb sagen können, wo dieser Platz ist. Es ist eine recht ruhige Gegend, ein Favoritner Wohngebiet am Fuße des Laaer Berges. Öffentliche

Verkehrsmittel verkehren dort nicht. Der Platz ist streng genommen gar kein Platz, sondern ein sogenannter Beserlpark, der Puchsbaumpark, mit einem mittlerweile denkmalgeschützten historischen Pissoir als Highlight. Im Jahre 1886 wurden gleich ums Eck des Platzes, in der Kiesewettergasse, Arbeiterhäuser errichtet. Auf den damals billigen Gründen entstand eine kleine Siedlung, die bis heute das älteste Beispiel für sozialen Wohnbau in Wien darstellt.

Wer hat die Siedlung gebaut?

Der Chefplaner der Anlage war der jüdische Architekt Josef Unger. Bauherr war der Verein für Arbeiterhäuser, für den Unger in Favoriten eine Mustersiedlung nach englischem Vorbild planen sollte. Es entstanden Reihenhäuser mit kleinen Vorgärten und Höfen, die formal stark mit der damaligen Bahnhofsarchitektur verbunden waren. Die Häuser hatten bereits Wasser in der Küche, sogar das WC war innerhalb des Hauses angeordnet. Die Wohnungen waren groß und geräumig. Die üppigen vier Zimmer sollten es den Arbeiterfamilien möglich machen, entweder eines dieser Zimmer zu vermieten oder ein kleines Heimgewerbe darin auszuüben. Innerhalb von 25 Jahren sollte das Haus durch Mietfortzahlung in das Eigentum der Nutzer übergehen. Diese erste Arbeitersiedlung Wiens blieb allerdings experimentell. Zu ländlich war das Projekt angelegt, inhaltlich und formal.

Die Gemeindebauten des Roten Wien kennt man ja eher als »Superblock«, mit dem bekanntesten aller Beispiele, dem

vergleichsweise riesigen Karl-Marx-Hof. Gab es daneben noch andere Formate?

In der Puchsbaumgasse Nr. 14 steht das Volkswohnhaus, ein schlichtes städtisches Wohnhaus, das nicht weiter auffällt zwischen diesen historistischen Bauwerken, die es dort sonst noch gibt. Es ist ein schlichter, sichtlich modernerer Bau. Über dem einfachen, werksteingefassten Eingang steht – mehr oder weniger als einziger architektonischer Schmuck – zu lesen: Errichtet von der Gemeinde Wien im Jahre 1929. Hinter diesen trockenen und zugleich stolzen Worten, hinter der vielleicht auf den ersten Blick unscheinbaren, aber dennoch idiosynkratischen Architektursprache des Baus verbirgt sich auch das Rote Wien, das mit seinen berühmtesten Beispielen, etwa dem angesprochenen Karl-Marx-Hof in Heiligenstadt, Weltikonen der Architektur geschaffen hat.

Was ist so besonders an diesem Haus?

Mit seinen städtisch anmutenden fünf Geschoßen ist es ein stabiler, diskreter, etwas unauffälliger Beleg für das sozialdemokratische Wohnungsbauprogramm. Es hat nichts mehr zu tun mit der expressionistischen Phase des Wiener Gemeindewohnbaus der Anfangszeit, mit den romantischen, riesenhaften Burgen der wehrbereiten, diskriminierten Arbeiterschaft. Hier wohnten elegante ArbeiterInnen, warum auch nicht. Die Straßenfront des Wohnhauses am Puchsbaumplatz spricht jedenfalls genau diese Sprache: sie ist klar strukturiert, schlicht. Die Fassade ist modern, sie ist selbstbewusst, sie ist sicher im Jazz-Zeitalter angekommen. Sie ist glatt, ohne Zäsur. Nur eine niedrige Sockelzone trennt das

Bauwerk visuell von der Straße. Oben, zur Dachkante hin, gibt es ein schmales, fast dünnlippiges Dachgesims. Vier Fensterachsen gliedern die Fassade und geben ihr Struktur. Die Fenster sitzen scharf in der Wand, haben nur ein feines Sohlbankgesims.

Adolf Loos fällt einem ein, wenn man das Haus betrachtet.

Adolf Loos und sein Ausrufezeichen der Moderne am Michaelerplatz standen wohl Pate. Die Hoffront unterscheidet sich ein bisschen von der noblen Straßenseite, denn dort prangt in der Mitte der Fassade turmartig das Stiegenhaus, links und rechts davon sind Balkone angeordnet. In den späten 1990er-Jahren wurde die Wohnhausanlage zum ersten Mal saniert. Siebzig Jahre nach der Errichtung ist das ein ordentliches Zeugnis für redliche Planung und vernünftige Bauausführung, für dauerhafte Werte, die wir beim heutigen Bauen sicher nicht mehr erreichen werden. Schade eigentlich, aber das ist eine andere Geschichte.

Wer hat das Haus geplant?

Der Architekt des eleganten Volkswohnhauses hieß Fritz Reichl. Über das Werk und das Schicksal des jüdischen Architekten gibt es nur dürre biografische Daten und wenige verblichene Bilder seiner Arbeiten. Fritz Reichl war eines jener hoffnungsvollen, kreativen Talente der Zwischenkriegszeit, dessen Leben durch den Nazi-Terror, durch Vertreibung und Krieg völlig aus der Bahn geworfen wurde. Obwohl Reichl bis zum Jahr 1938 zur allerersten Garde der Architektur in Österreich gezählt werden muss, fand er nach seiner Vertreibung nie mehr richtig Anschluss. Er war 48 Jahre alt, als er seine Heimat Österreich über Nacht verlassen musste. Er hätte in Wien eine glänzende Karriere machen können, doch er erlitt – wie Abertausende andere hochbegabte Menschen – einen biografischen Knick, von dem er sich nie mehr erholen sollte. Sein 25-jähriger Sohn floh in die USA, Fritz Reichl gelang mit seiner Frau die Flucht nach Asien. Obwohl er bei Clemens Holzmeister in Ankara und Istanbul und später bei Richard Neutra in Los Angeles gearbeitet hat, konnte er in der Diaspora nicht mehr an seine Erfolge im alten Österreich anschließen.

Und wem verdankt Wien den redlichen, vernünftigen und sozialen Wohnbau?

Die Bauten des Roten Wien beruhen auf einer gleichwohl schlichten wie genialen Idee, die wohl dem sozialdemokratischen Stadtrat Hugo Breitner zuzuschreiben ist. Breitner war der Sohn eines wohlhabenden, jüdischen, natürlich liberal gesinnten Großhändlers, also der Inbegriff der dynamischen, bürgerlichen, staatstragenden Gesellschaftsschicht der Monarchie. Der intelligente Sohn wurde Bankbeamter und stieg bald in höchste Ämter auf. Im Jahr 1918 trat er aus der Bank aus und der sozialdemokratischen Bewegung bei. Er wurde Finanzstadtrat in Wien, wo er überraschend schnell die bedrohliche Auslandsverschuldung der Stadt einigermaßen in den Griff bekam. Durch diesen Erfolg angestachelt, wagten sich Breitner und Otto Bauer, die beiden Erfinder des österreichischen Austromarxismus, an ein Vorhaben, das die Strukturen Wiens für immer verändern sollte.

Aber zunächst wurde die berüchtigte Wiener Wohnbausteuer eingeführt. Eine solche ist – mit heutigen Augen betrachtet – ein Schreckgespenst.

Nach der Trennung von Niederösterreich erlangte die Gemeinde Wien ab dem Jahr 1920 als eigenes Bundesland auch die Finanzhoheit. Diesen Umstand machten sich Breitner und Bauer zunutze. Breitner führte im Jahr 1923 extrem progressive Landessteuern für Wien ein, unter anderem die berühmte Wiener Wohnbausteuer. Diese Steuer sorgte dafür, dass die Steuerprozentsätze mit zunehmender Berechnungsgrundlage extrem stark anstiegen. Statt Massensteuern wurden Substanzsteuern eingehoben. Vor allem Mietobjekte wurden damit belastet: Großwohnungen etwa wurden plötzlich mit mehr als einem Drittel gegenüber der Vorkriegsmiete steuerlich belastet. Wien war als ehemalige Hauptstadt eines europäischen Großreiches eine wohlhabende Stadt. Und offensichtlich gab es in Wien etwas zu holen, also holte man es sich. Der Erfolg der neuen Steuern war durchschlagend. Im Jahr 1927 betrug der Anteil der Breitner-Steuern bereits 36 Prozent der gesamten Wiener Steuereinnahmen!

Was bedeutete das damals für jene, die das bezahlen mussten?

Die bisherige Hausherrenschicht der Stadt – häufig Gewerbetreibende – wurde durch dieses extrem progressive Steuersystem praktisch enteignet. Der kommerzielle Mietwohnungsbau, der das Bild der Großstadt Wien zwischen 1850 und 1914 entscheidend geprägt hatte, war unter diesen Verhältnissen unmöglich geworden. In der Stadt wurde nicht mehr gebaut.

Abgesehen von den Gemeindebauten natürlich.

Das war der zweite Teil von Breitners und Bauers Plan: Die Stadt sprang nämlich – mit unbegrenzt sprudelnden Einnahmen versorgt – einfach selber als Bauträger ein. Mit den reichlichen Mitteln der Wiener Landesabgaben gelang es, enorme Summen zu lukrieren. Durch den Verfall der Grundstückspreise nach dem Krieg wurde es der Gemeinde Wien außerdem möglich, mit relativ geringen Mitteln große Grundstücksreserven zu erwerben. Schon im Jahr 1924 saß die Stadt auf 2,6 Millionen Quadratmetern Bauland und war damit der größte Grundbesitzer. Die Steuer hatte auch andere Auswirkungen. Schon während der Weltwirtschaftskrise war die Gemeinde Wien praktisch schuldenfrei. Auf allen neu errichteten städtischen Wohnbauten prangte daher stolz die Aufschrift: Errichtet aus den Mitteln der Wohnbausteuer.

Wie reagierten die Hausherren auf die neuen Steuern?

Das Bürgertum war über die neuen Substanzsteuern in Wien natürlich sehr erbost. Durch diese extreme Besteuerung entfiel nach dem Ersten Weltkrieg in Wien ein kompletter Renovierungszyklus. Das bedeutet, dass die Masse aller Gebäude in der Stadt, die zwischen 1880 und 1914 errichtet wurden, aufgrund der Hochbesteuerung nicht renoviert werden konnten. Da sich eine ähnliche Situation nach dem Zweiten Weltkrieg durch andere Umstände wiederholte, ist Wien bis heute relativ flächendeckend durch einen überalterten, nicht ausreichend zyklisch erneuerten Baubestand gekennzeichnet. Die durchaus charmant wirkenden Gründerzeitviertel innerhalb des Gürtels sind jedenfalls infrastrukturell durch mindestens zwei Phasen von Substanzentzug (durch Steuern und Krieg) gekennzeichnet.

Kann das den Hass erklären, den das Rote Wien auf sich zog?

Die ganze Geschichte der Ersten Republik stand vor allem wegen der Steuergesetzgebung Bauers und Breitners unter dem Vorzeichen extremer Auseinandersetzungen zwischen dem roten, austromarxistischen Wien und den alten besitzenden, konservativen Schichten des restlichen Landes. Konservative Kräfte bezeichneten Breitner öffentlich als Steuersadisten. Der Heimwehrführer Fürst Starhemberg brachte die extreme Ablehnung Breitners in bestimmten Kreisen in einer Wahlkampfrede im Oktober 1930 am Heldenplatz – vermutlich bewusst mit antisemitischem Unterton – auf den Punkt: »Den Wienern werde ich ein gutes Rezept für den Wahlkampf geben: Sie sollen die Wahlschlacht im Zeichen Breitners führen. Nur wenn der Kopf dieses Asiaten in den Sand rollt, wird der Sieg unser sein.«

Lässt sich objektiv sagen, dass die Wohnbausteuer nicht vergeudet wurde?

Die Mittel, die Breitner durch die Wohnbausteuer aufbringen konnte, schufen jedenfalls das Rote Wien. Die Wiener Arbeiter bekamen durch diese Baukonjunktur, die durch den Geldüberschuss befeuert wurde, Arbeitsangebote bei angemessenem Lohn. Gleichzeitig war der Mietzins für sie extrem niedrig. Außerdem gab es für dieses Klientel erstmals Ansprüche auf Sozialleistungen durch die Stadt Wien. Das große sozialdemokratische Ziel, für die

Arbeiterschaft Wiens menschenwürdige, billige, helle, trockene, mit Wasserleitung und WC ausgestattete Wohnungen zu schaffen, wurde durch Breitners Steuern und durch den theoretischen Überbau des genialen austromarxistischen Vordenkers Otto Bauers realisiert. Dieses große, soziale Bauprogramm schuf zwischen 1923 und 1933 etwa 61.000 Wohnungen, aber auch Gemeinschaftseinrichtungen wie Bäder, Kindergärten, Waschküchen, Mütterberatungsstellen, Ambulatorien, Tuberkulosestellen, Turnhallen und Bibliotheken.

ERFOLGS-GESCHICHTE

Caro Berger über leistbares Wohnen und das Faktum, dass man Wien in ihrer Heimat München noch immer beneidet.

Die nach Wien zugezogene Architektin Caro Berger hat im Herbst 2016 ihr Masterstudium an der Technischen Universität München abgeschlossen, im Fachbereich Urbanistik (für Landschaft und Stadt). Grundlage für ihren Studienerfolg ist ihre detailreiche Masterarbeit mit dem Titel »Learning from Vienna? Das Phänomen Gemeindebau«. Darin befasst sich Caro Berger eingehend mit den Besonderheiten des kommunalen Wohnbaus in Wien.

Im Zuge ihrer Recherchen besuchte die junge deutsche Architektin mehrere Wiener Gemeindebauten, sprach mit ExpertInnen der Stadtverwaltung und führte mit zwanzig BewohnerInnen ausführliche Interviews. Seit Anfang 2017 arbeitet sie in einem Wiener Architekturbüro.

Was hat Wien, was München nicht hat?

Sowohl Wien als auch München sind sehr lebenswerte Städte. Neben einem hochwertigen kulturellen Angebot und vielen Freizeitmöglichkeiten, die beide Städte ohne Zweifel haben, trägt aber mit Sicherheit auch die Leistbarkeit des Stadtlebens beträchtlich zu einer hohen Lebensqualität bei. Leistbarer Wohnraum ist in München Mangelware. In Wien schaut das – noch – besser aus:

Die Stadt fördert seit beinahe hundert Jahren den sozialen Wohnraum und tritt mit über 220.000 Gemeindewohnungen selbst als Vermieterin auf dem Wohnungsmarkt auf. Das hat auch auf den freien Markt eine preisdämpfende Wirkung. Sowohl München als auch Wien sind wachsende Metropolen, Wien hat ein deutlich größeres Angebot an leistbarem Wohnraum.

Der Gemeindebau hat in Wien ein schlechteres Image als bei Ihren Landsleuten. Können Sie das nachvollziehen?

Geht es in Deutschland um das Thema Wohnen, macht sich in Schlagzeilen und diversen Artikeln in Tageszeitungen oder Fachzeitschriften oft Ratlosigkeit breit, wie man dem großen Bedarf an leistbaren Wohnungen in den meist wachsenden Metropolen Herr werden soll. Immer wieder wird dabei auf Österreich und im Speziellen auf seine Hauptstadt verwiesen. Nahezu neidisch blickt man auf den großen kommunalen Wohnungsbestand in Wien.

Zu Recht neidisch?

Aus deutscher Sicht, gerade aus der Sicht der wachsenden Großstädte wie Berlin, Hamburg und München, werden nur die positiven Aspekte betrachtet. Gerne werden die jeweiligen Extrema von Quadratmeterpreisen oder die vorhandene oder eben nicht vorhandene Anzahl an leistbaren Wohnungen gegenübergestellt. Selten werden neben den Vorzügen mögliche Kritikpunkte an dem »Modell Gemeindebau« diskutiert. Außenstehende gewinnen dann schnell den Eindruck: Wien hat alles richtig gemacht – günstig Wohnen ist dort kein Problem.

Dank Ihrer Recherchen in Wien wurden Sie zur Insiderin. Wie ist denn Ihr Befund?

Ich konnte einen etwas differenzierteren Einblick in den oft als Leuchtturmmodell dargestellten Wiener Gemeindebau erlangen. Für mich kristallisierte sich heraus, dass doch nicht immer alles so rund läuft, wie man es sich als Bewohner vielleicht wünschen würde. Vieles, was an mich herangetragen wurde, hat aber meiner Meinung nach nicht im Speziellen etwas mit dem Gemeindebau an sich zu tun, sondern betraf einfach die üblichen Probleme, die Geschosswohnungsbauten mit sich bringen: Seien es zu dünne Wände oder NachbarInnen, die auf dem Gang nicht grüßen, die ausrangierten Möbel, die den Müllraum zustellen und dann auf Kosten der Gemeinschaft entsorgt werden müssen. Dass das nicht schön ist, ist verständlich, aber auch ein Stück weit normal. Ebenso ist für mich nachvollziehbar, dass es hie und da zu zwischenmenschlichen Reibereien kommt, die sich aber wohl öfter innerhalb der einzelnen Wohnungen abspielen als zwischen NachbarInnen.

Es kamen bei Ihren Interviews auch Vorurteile zur Sprache, mit denen der Gemeindebau und somit auch seine BewohnerInnen zu kämpfen haben.

Ja. Es gibt da zum Beispiel die Annahme, dass sich die Bewohnerschaft ausschließlich aus Arbeitslosen und vermeintlich einfachen Leuten zusammensetzt, sowohl mit als auch ohne Migrationshintergrund. Oder man malt sich unzumutbare Wohnungen mit zu kleinen Fenstern und verdreckten Hauseingängen aus. Leute, die nicht im Gemeindebau wohnen, haben beim Stichwort

Gemeindebau oft ein weniger schönes, graues Wohnhaus aus den 1950er-Jahren oder Stadtrandsiedlungen mit mehr als 1000 Wohnungen vor Augen. Dazu ist zu sagen: Nicht alle Gemeindebauten sind architektonische Diamanten, nicht alle können wie das Hundertwasserhaus komplett aus der Reihe tanzen oder wie der Karl-Marx-Hof als Wahrzeichen für eine ganze Ära über die österreichischen Grenzen hinaus stehen.

Gemeindebau ist nicht gleich Gemeindebau.

Genau. Bei den gut 2000 Wiener Gemeindebauten kann man die unterschiedlichen Baustile der jeweiligen Jahrzehnte ablesen, dabei werden natürlich auch die Fehler der jeweiligen architektonischen Auffassungen sichtbar. Aber damit ist ja Wien nicht alleine.

Und womit ist Wien einzigartig?

Die Stadt Wien nimmt eine Sonderrolle ein, weil sie bis heute dem Privatisierungsdruck widerstanden hat. Davon profitieren schlussendlich alle WienerInnen, direkt oder indirekt.

Das heißt also doch: Lernen von Wien?

Schaut man auch mal über den eigenen Tellerrand hinaus, ist das negative Image, das der Gemeindebau innerhalb der eigenen Stadt- und Landesgrenzen aufweist, nicht immer gerechtfertigt und nachvollziehbar. Natürlich habe ich bei meinen Interviews einen nur sehr kleinen Einblick erhalten, in zwanzig von insgesamt 500.000 verschiedenen Leben im Gemeindebau. Aber diese zwanzig BewohnerInnen haben sich alle bewusst für eine

Gemeindewohnung entschieden. Natürlich vorrangig aufgrund der günstigen Mieten, aber keine und keiner von ihnen sieht sich aus welchen Gründen auch immer gezwungen, den Gemeindebau wieder zu verlassen. Die eigene Wohnsituation bewerteten alle zumindest mit einem »Gut«.

Aus Ihrer Sicht: Sollte Wien wieder mehr Gemeindebauten errichten, ebenso offensiv und intensiv wie nach dem Ersten und dem Zweiten Weltkrieg?

Wien wächst, und das schneller als bisher erwartet. Also bleibt der Bedarf an mehr und vor allem leistbaren Wohnungen bestehen. In dieser Situation ist es sicher nicht verkehrt, neue Gemeindebauten zu errichten. Nach über zehn Jahren Abstinenz der gemeindeeigenen Bautätigkeit soll ja 2017 mit dem ersten »Gemeindebau Neu« begonnen werden.

Politisches Feigenblatt oder echtes Statement?

Das Gebäude mit seinen rund 120 Wohnungen wird zu den kleineren Gemeindebauten zählen, ist aber mehr als nur ein Tropfen auf den heißen Stein. Ich sehe das als ein klares Statement: Dass sich die Stadt Wien nicht auf ihrem Erbe ausruhen möchte, sondern sich ihrer Verantwortung gegenüber den StadtbewohnerInnen weiterhin bewusst ist.

Ein Gebäude als Statement?

Nach dem Ersten und auch nach dem Zweiten Weltkrieg war die Wohnsituation in Wien durchaus dramatisch. Damals kämpften die Menschen mit absolut menschenunwürdigen Wohnverhältnissen, daraus resultierenden Krankheiten und/oder Obdachlosigkeit. Hier musste radikaler gehandelt werden. Und es gab Visionäre, die das auch taten. Die heutige Situation in Wien sieht zum Glück nicht mehr ganz so existenzbedrohend aus. Trotzdem sollte Wohnen nicht zum Luxus werden und einen unverhältnismäßig großen Anteil des Monatseinkommens verschlingen. Deshalb ist es aus meiner Sicht unabdingbar, dass weiterhin bzw. wieder mehr Gemeindebauten errichtet werden.

Auch die städtebaulichen Rahmenbedingungen haben sich geändert.

Absolut. Die Baulandressourcen sind jetzt selbstverständlich deutlich knapper als damals. Zudem versucht man die noch freien Flächen im Umland soweit es geht zu schonen und eher im Kerngebiet weiter zu verdichten. So werden – sofern möglich – bereits bestehende Gemeindebauten aufgestockt und/oder die Dachböden ausgebaut. Damit spart sich die Stadt unter anderem auch das Errichten von notwendiger Infrastruktur wie Anbindung an den öffentlichen Nahverkehr, Bau von Schulen und Kindergärten oder Einrichtung von Geschäften für den täglichen Bedarf, da diese meist schon vorhanden sind. Es ist also wichtig, dass man weiter an leistbarem Wohnraum arbeitet, dabei aber achtsam sowohl mit Bauland als auch mit vorhandenen Strukturen umgeht. Und dabei sollte man auch nicht auf die Menschen und deren Anforderungen an das Wohnen vergessen.

Abschließende Frage mit der Bitte um eine ehrliche Antwort: Für den Fall, dass Sie nun länger in Wien bleiben, ist für Sie persönlich eine Wohnung im Gemeindebau eine Option?

Ja, auf jeden Fall!

MENSCHHEITS-GESCHICHTE

Lilli und Werner T. Bauer über das ursprüngliche Ziel, im Gemeindebau bessere Menschen zu erschaffen.

Die Journalistin und der Kulturanthropologe hatten eine Vision: Lilli und Werner T. Bauer wollten dem Roten Wien ein adäquates Denkmal setzen. Nicht irgendwo in der Prärie, sondern möglichst mitten drinnen. Seit einigen Jahren führt das Ehepaar im 1. Stock des Waschsalons Nr. 2 im Karl-Marx-Hof ein absolut sehenswertes Museum – mit einer Dauer- und regelmäßig wechselnden Sonderausstellungen. Durch den Aufbau des Museums und ihre intensiven Recherchen zu den Ausstellungen haben sich die Bauers viel Fachwissen auch über den Gemeindebau angeeignet.

Das Wien der Jahrhundertwende ist eine touristische Trademark, man denkt an Prachtbauten und schöne Salons. Wie hat eigentlich der Durchschnittsmensch im Fin de Siècle gewohnt?

Die Wohnverhältnisse der Bevölkerungsmehrheit waren schlicht miserabel. Seit dem Beginn des 19. Jahrhunderts hatte sich die Einwohnerzahl der Stadt und ihrer Vororte – gemessen an den heutigen Grenzen – nahezu verzehnfacht. Und während sich der Adel und das wohlhabende Bürgertum im Wien des Fin de Siècle komfortabel einrichten konnten, verbarg sich hinter den behübschten Stuckfassaden der privaten, rasch aus dem Boden gestampften Zinskasernen oft das nackte Elend. Über 90 Prozent aller Wiener Wohnungen verfügten um die Jahrhundertwende weder über WC noch über einen Wasseranschluss. Laut einer Publikation aus den 1920er-Jahren gab es in den meisten Wohnhäusern »Aborte, welche für je zwei Parteien gemeinsam sind und der Wasserspülung entbehren«. Und der Wasseranschluss, die sogenannte Bassena, befand sich am Gang. Mit Gas waren 14 Prozent der Wohnungen versorgt, elektrisches Licht gab es nur in sieben Prozent der Mietshäuser. Der Architekt Adolf Loos bezeichnete Wien deshalb als »potemkinsche Stadt«. Die meisten privaten Mietwohnungen waren nicht nur schlecht ausgestattet, sondern darüber hinaus auch nahezu unerschwinglich.

Es war auch die Zeit der Bettgeher. Stimmt es, dass die Hälfte der arbeitenden Bevölkerung keine eigene Schlafstatt besaß?

Tatsächlich lag die Zahl der Wohnungen mit Untermietern oder Bettgehern zwischen 26 Prozent in Simmering und 40 Prozent in der Brigittenau. 58 Prozent der Menschen aus Arbeiterfamilien besaßen kein Bett für sich alleine. Das waren unhaltbare und unhygienische Zustände, Lebensumstände, die krank machten. Die Räume waren mit Bettgehern und Untermietern überfüllt – und die Mietzinse dieser Kleinwohnungen so hoch, dass sie »der bestbezahlte Arbeiter allein kaum leisten konnte und auf das unterstützende Einkommen durch Untermieter angewiesen war«. So heißt es jedenfalls in dem 1927 herausgegebenen Band »Das Neue Wien« rückblickend. Rosa Jochmann, die spätere Grande Dame der Sozialdemokratie, berichtete ähnlich über die Wohnverhältnisse ihrer Kindheit: »Mit den

Eltern waren wir sechs Personen, dazu noch zwei Bettgeher. Wir hatten Zimmer und Küche. Mutter konnte unsere Wohnung nicht nach den Gesetzen ›Licht, Luft und Sonne‹ auswählen, sondern musste immer die billigste Wohnung nehmen. Wenn sie irgendwo von einer billigeren Wohnung hörte, drängte sie zum Übersiedeln, um bei der Miete ein paar Kronen einzusparen.«

Wann entwickelte die Sozialdemokratie die Idee für das legendäre Gemeindebauprogramm?

Das geschah bereits im 19. Jahrhundert. Am 2. Februar 1896 erschien in der *Arbeiter-Zeitung*, dem »Zentralorgan der österreichischen Sozialdemokratie«, unter der Schlagzeile »Was die Sozialdemokraten von der Kommune fordern!« das von Franz Schuhmeier, dem legendären »Volkstribun von Ottakring«, und Jakob Reumann, dem späteren Wiener Bürgermeister, entwickelte kommunale Programm der damals noch jungen Sozialdemokratie. Unter anderem heißt es da: »Die Kommune hat ihr Grundeigenthum durch Erwerbung noch unverbauter Grundstücke in großem Maßstabe zu vermehren und darauf systematisch Häuser mit billigen Wohnungen zu errichten.« Eine damals utopisch anmutende Forderung, doch der Plan war von enormer Bedeutung für den späteren Erfolg der Sozialdemokratie im Roten Wien.

Und wann startete das revolutionäre Wohnbauprogramm?

Nach dem Zusammenbruch der Monarchie, der die angespannte Wohnsituation noch weiter verschlechterte. Bei den Wahlen am 4. Mai 1919 errang die Sozialdemokratische Arbeiterpartei, die

SDAP die absolute Mehrheit im Wiener Gemeinderat. Und mit der Trennung Wiens von Niederösterreich am 1. Januar 1922 erhielt die Stadt endlich auch jene Steuerhoheit, die der Gemeinde die finanziellen Mittel für ihre ehrgeizigen Reformvorhaben zuführte. Die Errichtung gesunder und menschenwürdiger Wohnungen, eine der zentralen Forderungen der Sozialdemokratie, wurde zur wichtigsten Grundlage ihres Erfolgs. Bis 1934 konnten an die 400 Gemeindebauten mit über 60.000 neuen Wohnungen gebaut werden – ein auch international stark beachtetes Aufbauwerk.

Das Rote Wien wollte aber mehr als »nur« Wohnraum schaffen.

Schon im Gemeinderatsbeschluss aus dem Jahr 1923 wurde die Errichtung von Gemeinschaftseinrichtungen in den neuen Wohnbauten festgelegt. Bäder und Waschküchen, Kindergärten und Mutterberatungsstellen, Schulzahnkliniken und Arztpraxen, Tuberkulosefürsorgestellen und Krankenkassenambulatorien, Versammlungsräume und Arbeiterbüchereien, Turnsäle und Lehrwerkstätten, Konsum-Filialen und zahlreiche weitere Geschäftslokale verwandelten die großen Gemeindebauten in nahezu autarke Kleinstädte. Darüber hinaus sind diese Infrastruktureinrichtungen Instrumente der sozialen Fürsorge, der Bildung und der sinnvollen Freizeitgestaltung. Bürgermeister Karl Seitz verkündete 1924: »Wir wollen unsere Jugend nicht zu Individualisten, zu Einzelgängern erziehen, sie sollen in Geselligkeit aufwachsen und zu Gemeinschaftsmenschen erzogen werden.« Den »Schöpfern des neuen Wien« ging es um nichts weniger als die Errichtung einer neuen Gesellschaft mit »neuen Menschen«: »Die Menschen, die in unseren neuen Häusern wohnen, sind neue Menschen, leben und atmen nicht nur in neuen Räumen, sondern fühlen und denken auch anders.«

Und vermutlich sollten die neuen Menschen auch anders aussehen, jedenfalls nicht nach Zylinder und Frack streben?

Wie diese »neue Menschen« aussehen sollten, illustrierte zum Beispiel die Frauenzeitschrift *Die Unzufriedene* am 30. August 1930: Auf der »Ringstraße des Proletariats«, vor dem neu errichteten Reumannhof, steht die idealtypische Arbeiterfamilie, selbstbewusst in die Zukunft blickend. Der Arbeiter mit entschlossenem Blick, die Frau modern gekleidet, mit Kurzhaarfrisur, der Losung »lange Haare, kurzer Verstand!« folgend, die Kinder sauber und adrett. In einem kleineren Bildfeld links sind als Kontrast dazu die typischen Vertreter des dekadenten und verrotteten Bürgertums dargestellt: mit Zylinder, Gehrock und Spazierstock – die alte, dem Untergang geweihte Welt …

Dieses Gesellschaftsmodell faszinierte aber nicht nur die Arbeiterschaft.

Ja, das austromarxistische Gesellschaftsmodell begeisterte auch engagierte junge Linke, die selbst oft aus dem wohlhabenden Großbürgertum stammten. Wie etwa die spätere Pionierin der empirischen Sozialwissenschaft, Marie Jahoda, die mit ihrem damaligen Lebensgefährten Paul Felix Lazarsfeld eine Wohnung im eben errichteten Karl-Marx-Hof bezog und sich auch in ihrer Freizeit für die Sozialdemokratie engagierte. Jahrzehnte später beschrieb sie die damals vorherrschende Stimmung und den Austromarxismus als ein Versprechen für eine bessere Zukunft, als eine das ganze Leben umfassende Aktivität. Von den Wohnbauten zu den Arbeitersymphoniekonzerten, von der Schulreform zum Skilaufen, von den Kinderkolonien zum Kaninchenzüchten, meinte Jahoda, also von der Wiege bis zum Grab, bereicherte die Bewegung das Leben von Hunderttausenden.

Woher kommt dieses Faible für den ganz anderen Menschen, heute würde man sagen: den Menschen 2.0?
Der »neue Mensch«, das ist eine Vision, die im »kurzen 20. Jahrhundert« [dieser Begriff wurde vom ungarischen Historiker Iván T. Berend in den Diskurs eingeführt; Anm. d. A.] von den unterschiedlichsten Ideologien aufgegriffen wurde, und die gleichermaßen Diktatoren und Schlächtern wie Revolutionären, Aufklärern und Humanisten als Leitbild diente. Der »neue Mensch«, das ist eine »Obsession des 20. Jahrhunderts«, der sich auch Politiker wie Karl Seitz, Julius Tandler oder Otto Bauer, Persönlichkeiten des Roten Wien, deren demokratische Gesinnung über jeden Zweifel erhaben ist, nicht entziehen konnten. Fortschrittsoptimismus und »Wissenschaftsgläubigkeit« – der Historiker Michael Schwartz spricht in diesem Zusammenhang von der »naturwissenschaftlichen Frömmigkeit der Sozialdemokratie« – verhießen eine »neue Zeit«, geprägt von »neuen Menschen«, die in einer besseren – sozialistischen – Gesellschaftsordnung leben würden.

Was zeichnete diesen »neuen Menschen« aus?

Der »neue Mensch« sollte ein an Körper und Geist gesundes, verantwortungsvolles und gebildetes, arbeits- und leistungsfähiges Individuum sein, das der Befürsorgung nicht mehr bedürfe. Julius Tandler meinte sogar, dass mit dem Begräbnis des letzten Fürsorgers die Menschheit befreit sein würde. Eine schöne Utopie, gleichzeitig aber auch eine gefährliche, da in ihrem Keim totalitäre Illusion.

Das Experiment wurde vom Austrofaschismus jäh beendet. Wie realistisch war die sozialdemokratische Vision vom »neuen Menschen«?

Anzunehmen ist wohl, dass die sozialdemokratische Utopie – wäre sie nicht bereits an der unmenschlichen Realität des totalitären Faschismus zerbrochen – vermutlich an sich selbst gescheitert wäre. Heute sind uns die großen gesellschaftspolitischen Visionen – leider oder glücklicherweise – abhandengekommen, und die Gemeindebauten des Roten Wien erfüllen in erster Linie ihre Primärfunktion: Die Bereitstellung leistbaren Wohnraums für breite Bevölkerungsschichten. Aber es schadet nicht, gelegentlich auch an ihre visionäre Idee zu erinnern.

Quellen zum Interview:

Arbeiter-Zeitung, 2. 2. 1896, S. 1.

Marie Jahoda, Aus den Anfängen der sozialwissenschaftlichen Forschung in Österreich, In: Zeitgeschichte 8/4, 1981, S. 133-141.

Das neue Wien. Städtewerk. 4 Bde., Wien 1926–1928.

Michael Schwartz, Sozialistische Eugenik. Eugenische Sozialtechnologien in Debatten und Politik der deutschen Sozialdemokratie 1890–1933, 1995.

Maria Sporrer und Herbert Steiner (Hrsg.), Rosa Jochmann. Zeitzeugin, 1984.
Julius Tandler, Richtlinien für die Anstaltsfürsorge. In: Die Anstaltsfürsorge der Stadt Wien für das Kind. Sondernummer der *Eos*, Zeitschrift für Heilpädagogik. S. 6 – 15.
Die Unzufriedene, 30. 8. 1930, S. 1.

Museum zum Ansehen:
Das Rote Wien im Waschsalon.
1190 Wien, Halteraugasse 7.
Öffnungszeiten: Donnerstag 13–18, Sonntag 12–16 Uhr.
www.dasrotewien-waschsalon.at

PETER AUTENGRUBER

ZEIT-GESCHICHTE

Peter Autengruber über die Anfänge vor 100 Jahren und die Entwicklung des sozialen Wohnbaus bis heute.

Der Wiener Historiker, Verlagsangestellte und Autor zahlreicher Bücher hat sich eingehend mit der bald 100-jährigen Geschichte des kommunalen Wohnbaus in Wien beschäftigt. Gemeinsam mit Ursula Schwarz hat Peter Autengruber auch das »Lexikon der Wiener Gemeindebauten« veröffentlicht.

Wie wohnte man in Wien zu Beginn des 20. Jahrhunderts?

Die Wohnverhältnisse der Wiener ArbeiterInnen waren geprägt durch teure und schlechte Substandardwohnungen. Im Kriegsjahr 1917 hatten 92 Prozent der Wiener Haushalte kein eigenes Klosett und 95 Prozent keine eigene Wasserleitung. Die Menschen lebten in engen Zimmer-Küche-Wohnungen mit WC und Wasser am Gang. Diese »Bassenawohnungen« waren um einen lichtlosen Hinterhof angelegt. Um die hohe Miete bezahlen zu können, wurde häufig ein Kabinett untervermietet, und über Nacht wurden sogenannte BettgeherInnen aufgenommen.

Wie kam es dazu, dass schon bald nach dem Ersten Weltkrieg die Bekämpfung der Wohnungsnot zu einem zentralen politischen Anliegen in Wien wurde?

Die Sozialdemokratie erhielt bei den ersten Wahlen zum Wiener Gemeinderat im Jahr 1919 die absolute Mehrheit. Am 1. Jänner 1922 trat dann das Trennungsgesetz in Kraft. Damit wurde Wien ein eigenes Bundesland und konnte somit auch eigene Steuergesetze beschließen. Das war die Basis für das Rote Wien und sein engagiertes Wohnbauprogramm.

Was waren die Eckpfeiler des Wiener Wohnbauprogramms?

Im Jahr 1922 wurde der Mieterschutz geregelt; und 1923 wurde ein auf fünf Jahre befristetes Wohnbauprogramm beschlossen, das 1927 fortgesetzt wurde. Bis 1934 entstanden insgesamt 61.175 Wohnungen, darunter 5257 Einheiten in Siedlungshäusern. Bis heute prägt der Gemeindebau der Zwischenkriegszeit das Stadtbild. Finanziert wurde das alles durch eine zweckgebundene, progressiv gestaltete Wohnbausteuer. Diese musste von allen BesitzerInnen vermietbarer Räume entrichtet werden.

Zu Beginn wurde dieses Wohnbauprogramm von der Diskussion »Superblock versus englisches Gartenstadtmodell« begleitet. Worum ging es da konkret?

Als Gartenstadt bezeichnet wurden kleine, mit Industrie und Gewerbe ausgestattete und mit einem landwirtschaftlichen Gürtel umgebene Städte beziehungsweise ein Kranz idyllischer dörflich ausgerichteter Trabantenstädtchen mit Selbstversorgungsgärten und öffentlichen Einrichtungen. Durchgesetzt hat sich allerdings die Idee des Superblocks.

Warum?

Ausschlaggebend hierfür waren die hohen Grund- und Erschließungskosten für das Gartenstadtmodell, aber auch die Erkenntnis, dass sich ein Reformprogramm über zentrale Strukturen leichter umsetzen lässt. Außerdem ließen sich Solidarität und Gemeinschaft im Superblock besser verwirklichen.

Einige wenige Gartenstädte wurden ja auch gebaut.

Ja, zum Beispiel die Wohnsiedlung Schmelz oder der George-Washington-Hof. Bekannte Beispiele für das Superblock-Modell sind wiederum der Karl-Marx-Hof, die Wohnhausanlage Sandleiten oder auch die »Ringstraße des Proletariats«, die großen Gemeindebauten entlang des Margaretengürtels.

Apropos: Welcher Gemeindebau war denn als erster bezugsfertig?

Das war der Metzleinstaler Hof beim Margaretengürtel, im Jahr 1925. Mit der Errichtung der Gemeindebauten setzte das Rote Wien ein Zeichen: für eine neue Solidarität mit den sozial Schwachen und eine neue Politik der Gerechtigkeit. Das Wohnbauprogramm war aber auch ein gigantisches Arbeitsplatzbeschaffungsprogramm. Und dies trotz Nachkriegsinflation und Wirtschaftskrise.

Wie groß waren die ersten Wohnungen?

Diese hatten mehrheitlich eine Größe von 38 Quadratmetern. Im Jahr 1927 wurden neue Kategorien geschaffen: 21 Quadratmeter für Ledigenwohnräume sowie Wohnungen mit 40, 49 und 57

Quadratmetern. Trotz ihrer bescheidenen Wohnfläche waren sie nach damaligem Maßstab großzügig ausgestaltet. Wasser und Klosett waren innen, nicht mehr am Gang. Die Mieten waren erschwinglich. Sie machten nur sechs bis acht Prozent eines durchschnittlichen Arbeitereinkommens aus.

Außerdem wurden viel Grünraum, Freifläche und hilfreiche Infrastruktur geschaffen.

Das war nur möglich, weil sich die Gemeinde selbst auferlegte, statt der erlaubten 85-Prozent-Spekulationsverbauung im Schnitt nur rund 40 Prozent ihrer Grundstücke zu verbauen. Dadurch entstanden große Innenhöfe. In diesen Höfen wurden Gemeinschaftseinrichtungen wie Büchereien, Kindergärten, Waschküchen, Kinderspielplätze, Mutterberatungsstellen, Lebensmittelgeschäfte sowie Fürsorge- und Gesundheitseinrichtungen eingerichtet.

Ab dem Jahr 1932 wurde die Wohnbautätigkeit in Wien stark eingeschränkt, warum?

Das sozialdemokratisch regierte Wien wurde in diesem Jahr beim Finanzausgleich zwischen Bund und Ländern massiv benachteiligt. Mit dem Bürgerkrieg im Februar 1934 ging dann nicht nur das Rote Wien blutig zu Ende, es wurden auch keine Gemeindebauten mehr errichtet.

Was folgte, war weniger ruhmreich.

Die neue autoritäre Stadtverwaltung errichtete Kirchen und Polizeiwachstuben in den Gemeindebauten. So wurde beispielsweise neben dem nach Wohneinheiten größten Gemeindebau der Zwischenkriegszeit, dem Sandleitenhof in Ottakring, die Pfarrkirche St. Leopold errichtet. Statt Gemeindebauten wurden zwischen 1934 und 1938 Familienasyle gebaut; sogenannte Besserungsanstalten für sozial Schwache. Die Familienasyle waren spartanisch ausgestaltet, die Namensgebung war eine sakrale: »Zur heiligen Brigitta« oder »Zum heiligen Engelbert« in Anspielung auf Bundeskanzler Engelbert Dollfuß.

Nach dem »Anschluss« im März 1938 hatten die Nationalsozialisten Großes vor mit Wien. Was wurde aus den Plänen?

Teil der Stadtplanung war zunächst die Vertreibung der jüdischen BewohnerInnen, auch aus dem Gemeindebau. Im Jahr 1939 stellte die NS-Führung ein umfangreiches Wohnbauprogramm in Aussicht. Umgesetzt wurden diese Pläne freilich nur in sehr kleinem Ausmaß. Bis zum Jahr 1941 wurden statt der ursprünglich angekündigten 80.000 Wohnungen lediglich 2000 gebaut. Das größte Bauvorhaben, das verwirklicht wurde, waren die Siedlungshäuser »Am Wienerfeld Ost« und »Am Wienerfeld West« mit rund 500 Wohnungen; beide im Modell der Gartenstadt errichtet.

Nach dem Zweiten Weltkrieg wurden die ersten neuen Gemeindebauten ebenfalls in Favoriten errichtet.

Der erste Bau nach dem Krieg wurde im Jahr 1947 eröffnet. Man benannte ihn übrigens nach dem schwedischen Ministerpräsidenten Per Albin Hansson, der sich für die notleidende Bevölkerung engagiert hat. In der Per-Albin-Hansson-Siedlung

West dienten Vorgärten, die mittlerweile zu Ziergärten mutiert sind, der eigenen Nahrungsmittelversorgung. Die Mindestgröße der Wohnungen wurde auf 55 Quadratmeter erhöht; alle Wohnungen waren mit Bad und Klosett ausgestattet. Das Flachdach setzte sich durch.

Was wurde gegen die akute Wohnungsnot unternommen?

Im Jahr 1950 wurde im Roten Wien zusätzlich ein Schnellbauprogramm in Angriff genommen. Gebaut wurden sogenannte Duplexwohnungen. Das waren Kleinwohnungen mit der Möglichkeit einer späteren Zusammenlegung. Vier Jahre später wurde auch dieses Programm abgeschlossen.

Dann hielt auch in Wien die Fertigteilbauweise mit vorgefertigten Betonelementen Einzug.

Ja, in den 1960er-Jahren entstanden große Wohnblöcke. Ziel war es, möglichst viel leistbaren Wohnraum in kurzer Zeit zu errichten. Aufgrund der billigen Grundstückspreise an den Rändern der Stadt entstanden Satellitenstädte. Im Schnitt wurden in den 1960er-Jahren 9000 Gemeindewohnungen pro Jahr gebaut. In den 1970er-Jahren entstand die Per-Albin-Hansson-Siedlung Ost als letzter und größter Superblock. Ein Grundgedanke des Roten Wien, nämlich Nahversorgung und gute Erreichbarkeit der Wohnbauten, wurde reaktiviert. Zudem wurde verstärktes Augenmerk darauf gerichtet, dass sich die Gemeindebauten besser in die Umgebung einfügen. 1978 wurde die Grundsteinlegung der 200.000sten Gemeindebauwohnung gefeiert.

Warum wurde danach weniger gebaut?

Die Wohnungsnot war beseitigt. In den 1980er-Jahren begann man, den Altbestand zu sanieren, insbesondere die in die Jahre gekommenen Gemeindebauten der Zwischenkriegszeit. In den 1990er-Jahren wurde im Nordosten und im Süden der Stadt gebaut. Auf Grund geänderter Lebensverhältnisse wurden vermehrt Wohnungen für Alleinstehende und ältere Menschen angeboten. Die nachhaltige Bauweise fand auch im Gemeindebau Eingang, um Betriebskosten und Energie einzusparen.

Was gibt es seither Neues?

Im Jahr 1989 ermöglichte die Gemeinde durch ein eigenes Statut erstmals eine Mitbestimmung der MieterInnen. Im Jahr 1997 wurde die Magistratsabteilung 17 – Wiener Wohnen geschaffen, drei Jahre später das »Wohnservice Wien« gegründet. »Wiener Wohnen« geriet gemäß Stadtverfassung zum Unternehmen. Im Jahr 2004 wurde dann der letzte Gemeindebau errichtet. Der gesamte geförderte Wohnbau hat sich seither vom Gemeindebau zu gemeinnützigen Wohnbauträgern verlagert.

Ein Rücktritt vom Rücktritt zeichnet sich derzeit ab.

Ja, im Jahr 2015 kündigte die Stadt Wien überraschend an, dass wieder Gemeindebauten errichtet werden.

KULTUR-GESCHICHTE

Ula Schneider über ihren Versuch, die Kunst und die Bürgerbeteiligung im Gemeindebau zu integrieren.

Die Künstlerin und Kunsthistorikerin, die in Washington, D.C. aufgewachsen ist, hat im Jahr 1999 das Kunstfestival und Stadtteilprojekt »SOHO in Ottakring« ins Leben gerufen und durch ihre kontinuierliche Arbeit maßgeblich zu neuer Dynamik im Ottakringer Brunnenviertel beigetragen. Seit 2013 versucht Ula Schneider, gemeinsam mit ihrem Team neue Akzente in einer und rund um eine der größten und schönsten Gemeindebau-Anlagen Wiens zu setzen, konkret im so bezeichneten »Sandleitenhof« am Rande des 16. Bezirks. Wichtig ist ihr dabei »das Einbeziehen konzeptuellen und prozessorientierten künstlerischen Arbeitens in engem Zusammenhang mit der Entwicklung eines Stadtgebiets«. Seit 2016 arbeitet Schneider übrigens auch als Ko-Geschäftsführerin von »Kreative Räume Wien – Büro für Leerstandsaktivierung«, im Auftrag der Stadt Wien.

Sie sind seit vier Jahren mit Ihrem Team und einer Reihe von Kreativen in Ottakring in der Sandleiten aktiv. Was ist Ihnen dort bisher gelungen?

Wir haben im Herbst 2013 mit fünf sogenannten Werkzeug-Gesprächen begonnen. Themen dieser Veranstaltungsreihe waren:

Architektur, soziales Leben sowie die 90-jährige Geschichte des Sandleitenhofs. ExpertInnen aus Geschichtswissenschaft, Soziologie, Wohnbau, Architektur und Kunst diskutierten damals mit BewohnerInnen als »ExpertInnen der Praxis«.

Welches Ziel verfolgten Sie damit?

Die öffentliche Gesprächs- und Reflexionsreihe sollte uns die Möglichkeit geben, vor Ort sichtbar zu werden, in offene Kommunikation zu treten, einen thematischen Kontext zu schaffen und eine länger währende Präsenz anzukündigen.

Apropos länger währende Präsenz: wie habt ihr diese geschaffen?

In einem nächsten Schritt haben wir ungenutzte und teils vergessene Räume wie das alte Kino, das alte Museum und kleine Geschäftslokale geöffnet. Unser Ziel war es, diese Räume wieder mit Bedeutung aufzuladen, sie wirken zu lassen und in die Geographie des Orts temporär einzuschreiben. Es ging uns darum, lebendige Erinnerung hörbar und sichtbar zu machen und öffentliche Räume wieder einer öffentlichen Nutzung zuzuführen.

In der Zwischenzeit war die Sandleiten bereits zwei Mal, 2014 und 2016, Austragungsort für Ihr Festival. Was hat sich seither verändert?

2016 kamen deutlich mehr interessierte BesucherInnen aus der Nachbarschaft: Kinder, Jugendliche und auch Erwachsene waren als ZuschauerInnen, Verweilende oder sich aktiv Beteiligende zu Gast. Die vielfältigen Angebote haben ein breites Publikum angesprochen. Und uns ist aufgefallen, dass sich manche über die Möglichkeit einer Teilnahme und des Austausches unglaublich gefreut haben. Andererseits sind viele BesucherInnen, die aus anderen Bezirken kommen, immer wieder vom Sandleitenhof und dem angrenzenden Kongresspark beeindruckt. Inzwischen wächst das lokale Netzwerk – das braucht viel Zeit und Geduld.

Welche war für Sie persönlich die bisher schönste Begegnung?

Da gab es mehr als nur eine. Für mich sind die schönsten Begegnungen mit Menschen, die zurückgezogen leben, weil sie schon viele Enttäuschungen erlebt haben, und die dann zu uns finden, weil wir ihnen ein offenes Ohr schenken und weil sie sich bei uns auch künstlerisch verwirklichen können.

Und was war die bisher größte Enttäuschung?

Enttäuschungen sind Teil unserer Arbeit, und sie bestärken uns, immer wieder das, was wir tun, in Frage zu stellen. Es gibt viele, die wir nie erreichen werden.

Der Sandleitenhof wird international als eine der gelungensten städtischen Wohnsiedlungen gefeiert. Aus Gesprächen mit Menschen, die hier wohnen, wissen wir hingegen, dass viele mit ihrer Wohnsituation unzufrieden sind. Woran liegt das Ihrer Meinung nach?

Ich bekomme unterschiedliche Meinungen zu hören: manche sind mit ihrer Wohnsituation sehr zufrieden, auch mit ihrer unmittelbaren Nachbarschaft, mit dem Blick ins Grüne. Andere wiederum klagen über soziale Kälte oder Konflikte mit NachbarInnen, die offensichtlich nichts anderes zu tun haben als ständig zu beobachten und negative Kommentare in die Welt zu schleudern. Man darf nicht vergessen: Es wohnen hier mehr als 4000 Menschen in teils kleinen Wohnungen. Da fällt es manchen nicht schwer, ihre Frustrationen auf andere zu projizieren.

Wie könnten die Frustrationen, diese negative in positive Energie umgewandelt werden?

Es gibt die Wohnpartner, die Konflikte auffangen, und engagierte MieterbeirätInnen. Dennoch habe ich den Eindruck, dass etwas fehlt. Zum Beispiel ein Ort, an dem ungezwungen Begegnungen stattfinden können, wo durch kulinarische und kulturelle Angebote eine gewisse soziale Wärme entstehen kann.

Ließe sich eventuell aus der Geschichte etwas lernen?

Der Sandleitenhof als Manifestation der Leistungen der Sozialdemokatie in der Ära des Roten Wien ist auch heute faszinierend. Es war damals sehr dringlich, mit öffentlichen Geldern im großen Stil gute Wohnanlagen für die Arbeiterschaft zu bauen. In die heutige Zeit übersetzt: Es braucht wieder positive Akzente, um die Ängste, die oft in Form einer Unzufriedenheit zum Ausdruck kommen, abzubauen und gesellschaftlichen Zusammenhalt neu zu gestalten.

Ist es möglich, das Image des Gemeindebaus in Wien ins Gegenteil zu verkehren?

Aus meiner Erfahrung sage ich: Es braucht ein langjähriges Engagement, bis sich etwas zu bewegen beginnt. Dabei spielt die Kommunikation auf einer alltäglichen Ebene ebenso eine große Rolle. Wichtig ist es, dass verschiedene Kräfte zusammenwirken, dass auch von Seiten der Stadt Unterstützung kommt. In Ottakring funktioniert das sehr gut.

Wird der Gemeindebau jemals auch die Kreativen der Stadt anlocken?

Die teils sehr günstigen Werkstattflächen im Gemeindebau werden auch für Kreative interessant sein, wenn es gelingt, Potenziale zu entwickeln und mehr Dynamik zu erzeugen.

Den Menschen im Gemeindebau Kunst und Kultur näher zu bringen, das ist keine ganz einfache Mission. Wie sieht Ihre bisherige Bilanz aus: Ist das dem SOHO-Team gelungen?

Über die Zeit wächst das Vertrauen. Das haben wir auch während des letzten Festivals wahrnehmen können. Inzwischen haben sich mehrere BewohnerInnen zusammengetan, sie haben in Zusammenarbeit mit uns eine eigene Veranstaltungsreihe mit dem Namen »Heuschnitt« ins Leben gerufen. In unserem Raum, der SOHO-Projektwerkstatt, gibt es auch regelmäßige Angebote, wie zum Beispiel Suppenabende mit Film.

Wichtig ist Ihnen auch der Aufbau eines lokalen Netzwerks. Wen konnten Sie für dieses Netzwerk bisher gewinnen?

Das reicht von der Sandleitener Vernetzungplattform, die

sich regelmäßig austauscht, bis hin zu lokalen Kooperationen, zum Beispiel mit den Wohnpartnern, der Gebietsbetreuung, der Volkshochschule Ottakring, dem Haus Liebhartstal, in dem der Samariterbund Flüchtlingsfamilien und minderjährige unbegleitete Flüchtlinge betreut und beherbergt. Da helfen außerdem der Musiker Harri Stojka oder die Firma Interspar. Und da gehört auch die Ansiedelung von Institutionen dazu wie zum Beispiel die kunstschule.wien, die seit 2015 im Sandleitenhof einen Unterrichtsraum betreibt, oder zoom 16, einer in der Zwischenzeit sehr gut besuchten Außenstelle des zoom Kindermuseums.

Was würden Sie sich in dieser Hinsicht noch wünschen?

Wir träumen von einem Café in Kombination mit einem vielfältigen kulturellen Angebot.

Es gibt Kritik, dass KünstlerInnen den Gemeindebau als Bühne für ihre eigenen Zwecke missbrauchen. Daher unsere Frage: Wie versucht das SOHO-Team zu verhindern, dass die Menschen im Gemeindebau wie Tiere in einem Zoo zur Belustigung des Festivalpublikums herhalten müssen – und damit erst recht wieder Frustrationen entstehen?

Wenn wir ein paar Tage lang ein Kunstprojekt realisieren würden, um dann wieder zu verschwinden, könnte diese Kritik gelten. Unsere Strategie ist, immer wieder einen Anstoß zu geben, Angebote zu schaffen und auf jeden Fall auf das, was zurückkommt, zu reagieren. Wir haben einen Raum, die SOHO-Projektwerkstatt, die wir anderen aus der Nachbarschaft für Workshops oder sonstigen

Aktivitäten zur Verfügung stellen. In unserer Arbeit ist die Kontinuität ein ganz wichtiger Faktor. Unsere Möglichkeiten sind natürlich von unseren Ressourcen abhängig. Unsere Arbeit erfolgt teils unsichtbar und beharrlich in kleinen Schritten. Das Festival bündelt die Aufmerksamkeit durch ein dichtes Programm. Danach geht jedoch die Arbeit immer weiter.

Am Brunnenmarkt ist Ihnen und Ihrem Team nachweislich Nachhaltiges gelungen. Wird Ähnliches im Gemeindebau gelingen? Wird die Stadt Wien am Ende die Sandleiten als ein Beispiel für gelungene Stadtteilarbeit international bewerben?

Wenn es uns gelingt, eine positive Dynamik und eine sichtbare Belebung, die dem Ort entspricht, zu etablieren, dann können wir von Nachhaltigkeit sprechen. Es gibt heute insgesamt mehr Aufmerksamkeit auf kulturelle Belebung von Orten außerhalb des Wiener Zentrums. Das ist meiner Meinung nach eine gute Entwicklung. Wir möchten unseren Teil dazu beitragen.

WUSSTEN SIE, DASS …

… Wien schon in wenigen Jahren mehr als **2.000.000** EinwohnerInnen zählen wird? Pro Jahr werden daher bis zu **7000** geförderte und bis zu **1500** frei finanzierte Wohnungen gebaut.

… sechs von zehn WienerInnen in einer Wohnung logieren, die von der Kommune gefördert wird? Entweder in einer der **220.000** Gemeindebau- oder in einer der **200.000** Genossenschaftswohnungen.

… in den **2000** Wiener Gemeindebauten mehr Menschen wohnen als in den drei Landeshauptstädten Graz, Salzburg und Klagenfurt zusammen? Konkret **500.000**.

… soziale Ungleichheit bis heute ein Thema im Wiener Gemeindebau ist? Nur **16%** der GemeindebaumieterInnen haben Matura (Wien-Schnitt: 30%). **Jeder Dritte** muss mit weniger als 1000 Euro im Monat das Auslangen finden (Wien-Schnitt: jeder Vierte). Und die Arbeitslosenrate ist **doppelt so hoch** wie im Wiener Durchschnitt.

… die von der Stadt vermietete Fläche so groß ist wie **1800** Fußballfelder? Neben den Wohnungen werden **5400** Lokale sowie **47.000** Garagen- und Abstellplätze vermietet.

… es insgesamt **17.000** Stiegenhäuser gibt? Außerdem in der Gemeindebau-Statistik von Wiener Wohnen: **610 Hektar** Grünfläche (entspricht der Fläche der Bezirke 5, 6, 7 und 8), **1.800.000** Sträucher, **1360** Spielplätze, **7760** Aufzüge, **5200** Waschküchen, **5700** Waschmaschinen, **5500** Wäschetrockner und **460** Bügelmaschinen.

... die in diesem Buch porträtierte Frau Kucher eine von (noch) **1700** HausbesorgerInnen ist? Nach der Abschaffung des Hausbesorgergesetzes im Jahr 2000 geht diese Zahl langsam gegen **0**.

... der älteste Gemeindebau Wiens im 5. Bezirk (Margareten) steht? Mit dem Bau des Metzleinsdorfer Hofs wurde im Jahr **1916** begonnen, ursprünglich sollte er als Zinshaus eröffnet werden. Nach Kriegsende wurde die Wohnfestung am Gürtel im Auftrag der Gemeinde und nach Plänen des Architekten Hubert Gessner finalisiert.

... in den Jahren 2004 bis 2017 die Bautätigkeit ruhte und kein einziger Gemeindebau errichtet wurde?

... die von der Stadt geförderten Wohnungen dazu beitragen, dass Wohnen in Wien nicht so schnell teurer wird wie in anderen europäischen Großstädten? Neu vermietete Gemeindebauwohnungen der Kategorie A stehen mit **5,58 €** pro m^2 und Monat zu Buche, Genossenschaftswohnungen mit rund **7 €**, privat vermietete Wohnungen mit knapp **10 €**. Die Betriebskosten von Wohnhausanlagen im Eigentum von Wiener Wohnen liegen über dem österreichweiten Schnitt, aber unter dem Schnitt in Wien, heißt es in einem Bericht des Kontrollamts der Stadt Wien.

... dass Wiener Wohnen die größte kommunale Hausverwaltung in Europa ist?

... sich die durchschnittliche Pro-Kopf-Wohnfläche im Wiener Gemeindebau seit dem Jahr 1961 fast verdoppelt hat? 1961 waren es **22 m²**, 1971 **25 m²**, 1981 **31 m²**, 1991 **33 m²** und 2001 **38 m²**.

... seit **2006** auch ZuwandererInnen aus Staaten, die nicht Mitglied der Europäischen Union sind, Anrecht auf eine Gemeindewohnung haben? Sie müssen mindestens **5 Jahre** in Wien gemeldet sein und über einen gültigen Aufenthaltstitel »Daueraufenthalt EU« verfügen. Diese Öffnung folgt einer EU-Richtlinie.

... **70%** der GemeindebaubewohnerInnen gebürtige ÖsterreicherInnen sind? Weitere **10%** kommen aus der Türkei, **7%** aus dem ehemaligen Jugoslawien, die restlichen **13%** aus anderen Ländern.

... dass bis dato in **23** Gemeindebauten die Müllräume, Aufzüge, Garagen und Keller überwacht werden? Insgesamt sind knapp **3000** Kameras im Einsatz. 2014 wurden in **261** Fällen Videos ausgewertet, die meisten behandelten die Themen Sperrmüll, Sachbeschädigung und unleidliches Verhalten.

... bei einer Umfrage von Wiener Wohnen immerhin **zwei Drittel** der Befragten angaben, dass sie »noch nie« oder »eher selten« Konflikte zwischen alteingesessenen und zugewanderten NachbarInnen wahrgenommen haben? Dennoch wurde der »Zuzug von

Ausländern« neben der »Lärmbelästigung« als besonders störend angeführt. Auf den Plätzen folgten: Kritik über den schlechten Bauzustand, mangelnde Sauberkeit sowie die Hundstrümmerl-Plage.

… in den Höfen der Wiener Gemeindebauten knapp **70.000** Bäume mit einem eigenen Chip versehen und im sogenannten Baumkataster verzeichnet wurden? Dieser Kataster enthält Informationen über Baumart und Baumkrone und den aktuellen »Gesundheitszustand« des Baumes. Alle Bäume werden ein Mal pro Jahr kontrolliert. Die Bäume werden regelmäßig kontrolliert und die Kontrollergebnisse gleich vor Ort in den Baumkataster eingetragen.

… mehr als **50%** der städtischen Spielplätze in den Höfen der Gemeindebauten errichtet wurden?

… der kleinste Gemeindebau nur **drei** Wohnungen hat? Er steht in der Hüttelbergstraße 26 im 14. Bezirk. Das heutige Wohnhaus gehörte einmal dem Begründer der modernen Architektur, Otto Wagner. Es wurde als Nebengebäude jener Villa errichtet, die heute das Ernst-Fuchs-Museum beherbergt.

… die größte zusammenhängende Gemeindebauanlage im 10. Bezirk (Favoriten) errichtet wurde? In der Per-Albin-Hansson-Siedlung sind **5392** Wohnungen eingerichtet, in einem durchschnittlichen Wiener Gemeindebau rund **100**.

… der gesamte Wohhauskomplex am Rennbahnweg in der Donaustadt **8000** Menschen beherbergt? Das ist nicht viel weniger als die burgenländische Landeshauptstadt Eisenstadt Einwohner aufweist, mit dem gravierenden Unterschied allerdings, dass sich in Eisenstadt ein Bürgermeister und ein mehrköpfiger Stadtrat um die Belange der Bewohner kümmern.

… es in Gemeindebauten auch »Kunst am Bau« gibt? KünstlerInnen haben dort Plastiken, Wandbilder, Hauszeichen, Supraporte und Friese errichtet. Auch einige berühmte ArchitektInnen planten Gemeindebauten, wie etwa der Otto-Wagner-Schüler Hermann Aichinger, der für sakrale Bauten bekannte Clemens Holzmeister, die Erfinderin der Frankfurter Küche Margarete Schütte-Lihotzky oder August Schwanzer, Stararchitekt der Nachkriegszeit.

RECHERCHEN IM GEMEINDEBAU – DAS MAKING-OFF

Wer sich in einen so großen Zoo Gottes begibt wie in den Wiener Gemeindebau, taucht ein ins pralle Leben. Lernt Menschen kennen, wie sie sind. Von ihren besseren ebenso wie von ihren schlechteren Seiten. Manches hat uns bei unseren Recherchen erfreut, erstaunt, erheitert, auch erregt und schockiert. Zum Beispiel:

Dass uns eine interessante Autorin auf dem Alsergrund angedient wurde, allerdings mit der Telefonnummer der Nachbarin. Von der erfuhren wir eine wahre Gruselstory, die jedoch mit der Realität nicht Schritt halten will.

Dass Menschen im Gemeindebau das Zeitliche segnen, so wie jener nette Mieter, mit dem wir kurz vor seinem Tod ein Treffen vereinbarten, zu dem es nicht mehr kommen darf.

Dass andere dem Tod von der Schaufel springen, so wie der Boxer, der zwischen unserem zweiten und dritten Treffen den Riss der Aorta überlebte.

Wir haben davon gehört, dass JournalistInnen nicht überall uneingeschränktes Vertrauen genießen. Es war dennoch eine neue Erfahrung, dies selbst zu erfahren. Einige Menschen konnten ihr Misstrauen kaum verbergen. Kein Wunder, wenn man bedenkt, wie der Gemeindebau normalerweise in Boulevardzeitungen und Trashsendern abgehandelt wird. So manchem Gesprächspartner mussten wir im Vorfeld sehr genau Rede und Antwort stehen und ausführlich unser Projekt erläutern, ehe das für ein intimeres Gespräch nötige Vertrauen gewährt wurde.

Es ist auch nicht so, dass die Menschen im Gemeindebau jederzeit Zeit für uns hatten. Nicht nur Krankheiten hielten den einen oder die andere auf, auch das Berufs- und Familienleben füllt heutzutage spielend alle Kalender, nicht nur die von ManagerInnen und PolitikerInnen. Umso schöner, dass am Ende alle unsere WunschkandidatInnen doch eine Lücke fanden. Und sich dann auch viel Zeit nahmen, um unsere Neugier zu befriedigen.

Wir haben gut dreißig Gemeindebauten besucht. Und da wir selbst Kinder des Gemeindebaus sind und seine Entwicklung ein halbes Jahrhundert persönlich verfolgt haben, fiel uns auch so mancher Unterschied zu damals auf: Die kleinen Gehölze, die in unserer Kindheit noch an Stangen festgebunden waren, haben sich zu Bäumen ausgewachsen. In vielen Höfen stehen kleine Wälder. Oft ist Blätterrauschen das Einzige, was man draußen hört. Wo früher Kinderscharen tobten, ist es still geworden. Und es gibt kaum eine Stiege mehr ohne Gegensprechanlage.

Die MieterInnen wissen trotzdem über die eigene Stiege hinaus noch mehr voneinander als in herkömmlichen Zinshäusern. Und das liegt nicht nur an den dünnen Wänden. Es gibt immer noch mehr Gemeinsamkeiten als Gegensätze, mehr Nachbarschaftshilfe als Streit im Gemeindebau. Und jenseits aller Klagen, die es natürlich auch und zurecht gibt, teilte sich uns ein Wohngefühl mit, das man nicht überall in Wien antrifft: Im Gemeindebau zu wohnen, das ist immer noch etwas Besonderes.

LITERATUR

Einige der ausgewählten Titel sind nicht mehr im Buchhandel erhältlich. Dennoch stehen sie für Interessierte bereit – dank der Wiener Büchereien: https://katalog.buechereien.wien.at.

Autengruber, Peter / Schwarz, Ursula: Lexikon der Wiener Gemeindebauten: Namen. Denkmäler. Sehenswürdigkeiten. Wien 2013.

Bauer, Klausjürgen: Journal der Orte. www.klausjuergenbauer.com.

Bauer, Lilli / Bauer Werner T.: Das Rote Wien im Waschsalon. www.dasrotewien-waschsalon.at

Bettel, Florian (Hrsg.): living rooms – Politik der Zugehörigkeiten im Wiener Gemeindebau. Wien 2012.

Berger, Caro: Learning from Vienna? Das Phänomen Gemeindebau. Masterarbeit, München 2016.

Blau, Eva: Rotes Wien. Architektur 1919 – 1934. Wien 2014.

Bramhas, Erich: Der Wiener Gemeindebau: vom Karl-Marx-Hof zum Hundertwasserhaus. Wien 1967.

Büchner, Barbara: Basiliskenmord. Kriminalroman. Wien 2015.

Büchner, Barbara: Der Sündenfresser. Roman. München 2013.

Czasny, Karl / Nachtschatt, Moritz E.: Leben in Wien. Unten, oben und am hinteren Ende. Wien 2016.

Engelbert, Eva (Hrsg.): Hier wird mit Liebe gekocht. Rezepte und Geschichten aus dem Gemeindebau. Wien/Bozen 2007.

Exenberger, Herbert / Koss, Johann / Ungar-Klein, Brigitte (Hrsg.): Kündigungsgrund Nichtarier. Die Vertreibung jüdischer Mieter aus den Wiener Gemeindebauten in den Jahren 1938 – 1939. Wien 1996.

Hinterberger, Ernst: Kaisermühlen Blues. Wien 1994.

Kneifl, Edith (Hrsg.): Tatort Gemeindebau. 13 Kriminalgeschichten aus Wien. Wien 2016.

Kratz, Käthe / Schön, Karin / Gaisbauer, Hubert / Litsauer, Hans: Verlorene Nachbarschaft. Die Wiener Synagoge in der Neudeggergasse. Ein Mikrokosmos und seine Geschichte. Wien 1999.

Mandl, Christoph: Wiener Wohnsinn. Gemeindebauten in Wien von Anbeginn bis heute. Hamburg 2016.

Mauch, Uwe: Stiege 8/Tür 7. Homestorys aus dem Wiener Gemeindebau. Wien 2014.

Podbrecky, Inge: Rotes Wien. Fünf Routen zu gebauten Experimenten, von Karl-Marx-Hof bis Werbundsiedlung. Wien 2013.

Riess, Erwin: Herr Groll auf Reisen. Erzählungen. Salzburg 2008.

Riess, Erwin: Herr Groll und der rote Strom. Salzburg 2010.

Riess, Erwin: Herr Groll und das Ende der Wachau. Salzburg 2014.

Schuh, Franz: Fortuna. Aus dem Magazin des Glücks. Wien 2017.

Weihsmann, Helmut: Das Rote Wien. Sozialdemokratische Architektur und Kommunalpolitik 1919 – 1934. Wien 2002.

Wohnpartner (Hrsg.): Der Goethehof und seine BewohnerInnen im Blickpunkt. Wien 2014.

Wohnpartner (Hrsg.): Kunst und Kultur im Wiener Gemeindebau. Wien 2016.

FOTOS VON MARIO LANG

1030 Wien: Katharina Lehr
DIE INNEN-ARCHITEKTIN im Rabenhof

1050 Wien: Franz Koglmann
DER JAZZ-MUSIKER an der »Ringstraße des Proletariats«

1160 Wien: Sarah Al-Hashimi
DIE WOHNKÜCHEN-PSYCHOLOGIN in der »Sandleiten«

1190 Wien: Laurin Rosenberg
DER ROT-GRÜN-WEISSE im Karl-Marx-Hof

1210 Wien: Rosa Wadosch
DIE »KUMMER-TANTE« aus Groß-Jedlersdorf

1210 Wien: Erwin Riess
DER RASTLOSE an der Gerasdorfer Straße

1220 Wien: Lajla Asujeva
DIE FERNSEH-STIMME an der Eipeldauer Straße

1220 Wien: Karl Heinz Stutzig
DER TON-KÜNSTLER aus Kagran

1030

KATHARINA LEHR

sass
Alitalia
Ihr Vorteils-Club BON
1+1
gratis
WANDA
welt museum wien
WURSTI'S
VIENNA
WASTE
YOUTH
ISTANBUL MODERN
KAUFE
DEFEKTE FARB
dj exceed
7.3.2012 | market
BALL
DAMEN-STUDENTEN-KARTE EURO 35,-
GROUP B
08B
VIENNA
ISTANBUL
wred

DURCHGANG ZUR
RABENGASSE
Ballspielen
nicht gestattet
STIEGE 60

1050
FRANZ KOGLMANN

ERBAUT VON DER
GEMEINDE WIEN
IN DEN JAHREN

im Leben
vieles verzichten,
aber nicht auf Katzen
und Literatur!
DUDEN
DUDEN

BONGO

BÜRGERMEISTER
JAKOB REUMANN
1919 1923

1160
SARAH AL-HASHIMI

HOLZ KOHLE KOKS
KOKS
BRIKETTS
KOHLE

Mercedes

DIE LIBANESISCHE KÜCHE

12
Stück

STADTISCHE

1190
LAURIN ROSENBERG

19., 12.-Februar-Platz
7
Halleraugasse
WASCHSALON
das rote wien
waschsalon

adidas
RAPID

BADEZEIT
60 MINUTEN
EINSCHL. AN- u. AUSKLEIDEN
BEI ÜBERSCHREITUNG IST
EINE NEUE KARTE ZU LÖSEN.
Emailtafel „Badezeit 60 Minuten"
Aus dem früheren Volksbad in der Treustraße, Brigittenau

90

1210
ROSA WADOSCH

ERBAUT VON DER
GEMEINDE WIEN
IN DEN JAHREN
1923-1924
21., Justgasse

PEPITO
TEQUILA
Schurkin
Tequila Sunrise

Justgasse 29
Marco-Polo-Promenade
Carrogasse
Justgasse

1210
ERWIN RIESS

top
styling

AL PATRIOTA PROF. SAN… GALLO M.A. AL V.M.
CADUTO IN COMBATTIMENTO CONTRO
FORZE NAZI-FASCISTE

2

2

1220
LAJLA ASUJEVA

GARAGE
NORD
GARAGE
NORD

1220
KARL HEINZ STUTZIG

STÄDT. WOHNHAUSANLAGE
22., SIEBENBÜRGERSTR. 16-26
STIEGEN 23-68